Royal Kiss more

# 疎まれ皇女は異国の地で運命の愛を知る

イチニ

JN151164

この物語はフィクションであり、実在の人物・
団体・事件等とは、いっさい関係ありません。

# 疎まれ皇女は異国の地で運命の愛を知る

Royal Kiss more

# 序章

幼い頃、犬の交尾を見たことがあった。

父の飼っている狩猟犬の血統を残すため、雌犬が連れて来られて交配していたのだ。

庭を散歩していて、偶然目にしてしまったその行為は不可思議で、マリーアは隣にいた黒髪の男に「あれはなに？」と訊《たず》ねた。

男は冷たげな視線でマリーアを見下ろした。そして……。

——彼は……交尾ですと言った……けれど、交尾が何かわからなくて……さらに訊ねたら、子作りしているのだと教えてくれた……。

ハッハッと荒い息を吐きながら、背後から重なり、忙しなく尻尾を振る。子作りのためには、あのような真似をしなければならないのだと知り、マリーアは驚いた。

——教えてくれる人が、他にいなかったから……。

あれが正しい子の作り方で、人間もあのような格好で子を作らねばならないのだと、マリーアはずっと信じ込んでいた。

けれど……犬と人の交尾は違うのだと、そう教えてくれた人がいた。

彼の穏やかで優しげな眼差しを、マリーアは思い出す。

「あっ……あっ、んっ……はっ」

人と獣は違う。

しかし今の自分はどうであろう。まるで獣ではないか。

四つん這《ば》いになり、背後にいる男の熱を感じながらマリーアは思った。

半開きになった口から涎《よだれ》を流しながら、荒い息を吐いている。背後にいる男も、まるであの日見た犬のように、ハッハッと荒く息をしていた。

「あっ……んんっ……やっ」

肌と肌がぶつかる音と、水気を帯びた音。

淫音が激しくなり、身体の奥が熱くなる。

マリーアは悦《よろこ》びに身を震わせ、敷布に爪を立てた。

「ひっ……んん」

そうして何度か荒く揺さぶられたあと、マリーアの身体の中を穿《うが》っていた硬いものが抜かれ、尻にピシャリと粘ついたものがかかった。

子種だ。

身体の中でなく肌に子種を出されるのは、これが子作りではない証《あかし》のようであった。

——なら、この交わりは何なのだろう……快楽のため……？　それとも……。

男のかさついた大きな手がマリーアの腰を掴んだ。

身体を返され、仰向けになる。

端整な顔立ちの男が、黒髪の隙間からじっとマリーアを見下ろしていた。

無表情の男の顔をぼんやりと見返していると、ポツポツという水音が聞こえてくる。

視線を窓に移すと、ガラスに雨の滴《しずく》がいくつもできていた。

性交に夢中で気づかなかったけれど、かなり前から雨が降っていたらしい。

──あの日も雨だった。そして、あのときも……雨だった……。

マリーアは父に命じられ、隣国の王太子に嫁いだときのことを思い出す。

厳かな神殿で行われた婚儀。優しい眼差しをした一夜だけの夫。

己の身に何の価値もなかったと知ったとき、冷たい雨がマリーアの肌を濡らし、赤い火が揺れていた。

そして二度目の結婚で夫を失ったあとも、雨の中、赤い火が揺れているのを見た。

火は雨により、次第に弱まっていき、頼りなげな煙が風で揺らぐだけになった。

マリーアはその白い煙に自身を重ね合わせ、己の身を哀れんだのだ。

男の手がマリーアの頬を撫でる。

男は何か言いたげに唇を開くが、言葉を発することなく唇を閉じた。

マリーアもまた開きかけた唇を閉じ、言葉を呑む。

訊《き》きたいことがある。伝えたいこともあった。言わねばならないこともある。

けれど言葉にすれば、この幻のような逢瀬が煙のごとく消えてしまう気がして、何も言えなかった。

——彼も私と同じ気持ちなのだろうか……。

マリーアは頬に触れた男の手に、自身の手を重ねた。

# 一章　婚姻

コウル皇国からラトバーン王国への移動は、想像していたよりも過酷であった。

舗装されていない山道を越えねばならないため馬車は使えず、移動中はずっと馬の上。長旅用の鞍《くら》を用意してもらってはいたが、尻と腰の痛みは、日に日に増していった。

手綱が引かれ、マリーアたちの乗っている馬が歩調を緩め、止まる。

帯同していた後方の馬が、横に並んだ。

「マリーア様、ラトバーンの王城が見えてきました。もう少しの辛抱です」

その馬に騎乗していたアンナが、マリーアを励ますように言う。

アンナは三十人余りいる一行の中で、マリーア以外では唯一の女性だった。

異国で暮らすことになる娘のために、父が付けてくれた侍女だったが、旅の初日に会ったばかりなので彼女のことは名と顔以外知らない。

侍女になり日が浅いのか、「慣れていなくてすみません」とよく謝罪の言葉を口にしていた。

ぼんやりと見返していると、アンナは苦笑し、マリーアの背後を指差した。

「あちらです」

指し示された方角に目をやる。

白い尖塔《せんとう》がそびえたっており、木々の合間からは石造りの巨大な城門が見えた。

ラトバーン王国の王城。マリーアたちの目的地だ。

もうすぐ過酷な旅が終わる。

疲れや尻の痛みから解放される喜びは一瞬で、すぐに胸の奥がじくじくと痛み始め、マリーアは陰鬱《いんうつ》な気分になった。

「ゲルト様。そろそろ交代いたしましょう」

「……そうだな」

アンナの言葉に、マリーアの背後にいた男が答えた。

マリーアは一人では馬に乗れない。そのため男は旅の間ずっと、マリーアを自分の馬に騎乗させていた。

男は先に馬から降りると、マリーアの手を取り腰を支えた。

マリーアは自身の立場を理解していた。

立場上、同乗するのは女性のほうがよいのもわかっている。

けれど理性と感情は別で、男の体温が離れるのを寂しいと感じてしまう。もう少しだけ、彼といたいと思ってしまった。

――このまま一生、旅を続けていられたら。いっそのこと攫《さら》ってくれたら。

「……ありがとうございます」

馬から降りたマリーアは、想いを胸に隠し、男を見上げて辿々《たどたど》しく感謝の言葉を告げた。

漆黒の髪に闇色《やみいろ》の瞳。精悍で冷たげな顔立ち。体格はいかにも軍人といった風で、背は見上げるほどに高く、体つきは逞しい。

ゲルト・キストラー。

マリーアより六歳年上の彼は侯爵家の次男で、三年前まで皇宮の護衛兵士を務めていた。

一見冷たそうだけれど、思いやりのある優しい人だ。マリーアは少女の頃から、ゲルトに対し淡い恋心を抱いていた。

「こちらへ、マリーア様」

低い声で、ゲルトが言う。

マリーアはゲルトの手を借り、アンナの馬に乗った。

ゲルトの大きな手には、剣だこがいくつもできていて、硬くかさついていた。マリーアは温かなその手が好きだった。

彼の手を離すとき、闇色の瞳と目が合った。

一瞬だけ交わった視線はすぐに外され、触れていた手もあっさりと離れる。

——もしかしたら、彼も私のことを想ってくれているのでは……。

浅ましい期待をしてしまったのを恥じ、マリーアは心の中で自嘲した。

マリーアはコウル皇国を治めるリードレ家の第一皇女である。しかし皇女ではあるものの、皇帝の前妻の子であるため、マリーアは複雑な立場にあった。

マリーアが二歳の頃に病死した母は、我《わ》が儘《まま》で矜持が高い、鼻持ちならない女性だったという。

政略結婚である父との仲は冷え切っていて、母が亡くなったとき、父は大層喜んだらしい。父は母の死後すぐ新たな妻を娶《めと》り、空いていた皇妃の座を埋めた。そして一年後、待望の嫡子が、その二年後には華のように麗しい姫が産まれた。

他国からは血気盛んで残酷な君主と畏《おそ》れられている皇帝だったが、皇妃や皇太子、第二皇女の前では、愛妻家で子煩悩な父親なのだという。

厳格で冷ややかな姿しか知らないマリーアは、子煩悩な父の姿は想像もできなかった。

マリーアは物心ついた頃から、皇宮の一室でひっそりと暮らしていた。

父はマリーアの存在など頭の片隅にもないのか、常にいない者として扱っていた。

皇妃になった人は、会えば「健やかに暮らしていますか?」と声をかけてはくるものの、マリーアを見下ろす双眸は冷たかった。

母の実家である伯爵家は、父の目を気にしてだろう。後ろ盾になるどころか、父と同調するようにマリーアの存在を無視した。

侍女たちはマリーアの世話をひと通りはしてくれるが、極力関わりを持ちたくないようだった。

淑女としての教育を受けていたが、皇族としての行事に呼ばれたことは一度もなく、建国日も皇族の誕生祝いの夜会も、マリーアは自室で過ごした。

寂しいとは思わなかった。それがマリーアにとっては普通だったからだ。

誰にも気にかけてもらえないのは当然だと、己の境遇を受け入れていた。

着飾った心のない人形のように、マリーアはただぼんやりと日々を過ごしていたのだ。

そんなマリーアに淡い感情が生まれたのは、十二歳のときだ。

マリーアは皇宮の護衛兵士をしていたゲルトと出会った。

ゲルトは誰からも相手にされない陰気な皇女を哀れんだのか、護衛を買って出て、部屋から連れ出してくれた。

連れ出すといっても、皇宮の外へ行くわけではない。庭を散歩するだけだ。

ゲルトは必要以上の会話はしないし、マリーアも『お喋り』ではない。けれども二人で黙って花を愛でながら庭を歩いていると、心が満たされ、温かな気持ちになれた。

皇女という恵まれた立場にありながらも、幼い頃から孤独であったマリーアにとって、ゲルトはたった一人の、特別な存在になっていった。

ゲルトに寄せる自身の思慕が、臣下に対する信頼ではなく、甘やかな恋情を伴うものだと気づいたのは、彼が皇宮の警備隊から、第一正規軍に配属され、顔を合わす機会がなくなってからだ。

ゲルトは凜々しい顔立ちもあって、数いる優秀な兵士の中でも注目の的で、侍女たちの噂に上ることも多い。マリーアは侍女たちの会話に聞き耳を立て、ゲルトの話が出てくると興味のないふりをしながら、胸を高鳴らせた。

皇宮の窓から外を眺めていると、父や弟の後ろに控えているゲルトの姿を見かけた。嬉しいけれど切なくて、寂しくなった。

――私はゲルトに恋をしている……。

自覚したからといって、想いが報われるわけではない。

けれど報われないとわかっていても、初めての恋心を捨て去ることはできず、マリーアは会えない相手に対し、悶々《もんもん》と想いを深めていった。

十七歳になった頃。

三歳年下の異母弟ヨハンがマリーアに会いに来るようになった。

それと同時に、弟を通じてゲルトと顔を合わす機会が増えた。

ゲルトは正規軍に所属しているが、ヨハンの護衛も受け持っていた。

ヨハンは不遇だと噂されている異母姉を哀れんだのか、会いに来るだけでなく、花や髪飾り、ハンカチーフなど、贈り物もしてくれた。

ゲルトがその品を部屋まで届けてくれることもあり、使い走りをしている彼に申し訳なさを感じた。

けれども第一皇女でありながら立場の弱いマリーアとは違い、ヨハンは皇太子である。ヨハンに気に入られているのは、ゲルトにとって有益に違いない。

マリーアは国や父だけでなくゲルトにとっても、価値のある異母弟が羨ましかった。

そして五歳年下の第二皇女クリスティーネのことも――仕方ないと理解していても、マリーアは羨んでしまう。

自身に面影がよく似たクリスティーネを、父は目に入れても痛くないくらい可愛がっているという。

父だけでなく、可憐で華やかな彼女は、侍女たちからも人気があった。

そのクリスティーネが、ゲルトを大層気に入っていて、自分専属の護衛にするのだという噂を耳にしたこともあった。

結局、ヨハンが反対し、彼女の希望は叶わなかったが、『欲しい』と簡単に口にできる異母妹に妬《ねた》ましさを覚えた。

クリスティーネは頻繁に孤児院や病院などに慰問に行っていて、奉仕活動に熱心な皇女として、民からの人気も高いと聞く。

一方マリーアは、奉仕活動の経験がない。外出を禁じられていたからである。

役立たずな皇女と、民たちからはそう揶揄《やゆ》されているらしい。侍女たちが面白おかしく自分の話をしているのを、マリーアは偶然耳にした。

自分は父にとっても国にとっても、価値のない人間なのだ。

そんな風に思っていたのだが……一か月前、マリーアに転機が訪れた。

十八歳になったばかりのある日、マリーアの元に、父である皇帝が訪ねて来たのだ。

父の来訪を侍女に告げられたマリーアは、震えながら深く頭を下げ、礼をとった。

「そなたの嫁ぎ先が決まったぞ。数日後に王都を発つのだ」

畏縮し怯えるマリーアに、父は機嫌よく声を弾ませて命じた。

「我が娘として、皇女としての務めを果たせ」

マリーアが驚いて顔を上げると、父の背後には背の高い黒髪の男……ゲルトが控えていた。


マリーアは隣国、ラトバーン王国の王太子に嫁ぐこととなった。

今や大陸一の軍事力を有するコウル皇国だが歴史はそう長くない。地下資源の発見により、この百年ほどの間に繁栄を極めた国であった。

対するラトバーン王国は長い歴史を持つ国だったが、ここ数年、災害が続き、民たちは困窮していた。民を見殺しにしていると、王家への不満も溜まっているという。

縁談はコウル皇国からの援助欲しさに、ラトバーン側から持ちかけられたものらしい。

——いつかは父の、皇帝の命じた相手と結婚するのだろうとは思っていたけれど。

たとえ父に疎まれていようとも、マリーアは第一皇女だ。マリーア自身に価値はなくとも、この身体に流れる皇族の血には多少なりとも価値はある。

そのため、いつかはコウル皇国の、父にとって有益な貴族の元に降嫁するのだろうとは思っていた。

しかし命じられた結婚は、隣国の王太子妃になることで……想像していた以上に重大な役目だった。

今までいない者として自分を扱い続けた父に、皇女として、娘として認められたことは嬉しい。大役を与えられたことを誇らしくも思う。

外交の役に立つことや、同盟の橋渡しができること、父のためになれることを喜ばしいと思うのだ。

けれど——。

——どうして彼が護衛だったのだろう。彼以外の人ならばよかったのに……。

ラトバーン王国へと、マリーアを送り届ける一行を率いているのは、マリーアが長い間恋い慕っているゲルト・キストラーだった。

報われない想いだとは、恋を自覚したときからわかっていた。

しかしラトバーンに向かう旅路をともに過ごし、マリーアはゲルトへの恋情がより強く、深くなっていくのを感じていた。

ゲルトはマリーアの心など知りはしない。護衛として接し、守るべき皇女として気にかけてくれている。それだけなのに。

しつこく想い続けるのをやめにしなければ。そう思っていても、彼の瞳を見ると胸が切なく痛み、ラトバーンに着かなければよいのに、と皇女らしからぬ身勝手な欲を抱いた。

もちろんマリーアの願いなど叶うはずはない。

花嫁を連れた一行は何事もなくラトバーンに到着し、そしてその翌日、婚儀が行われた。

マリーアはラトバーン式だという花嫁衣装を身に纏い、粛々とした神殿の中で王太子ルカーシュ・ラトバーンの妻となった――。

◆　◇　◆

「では私たちは下がります。殿下がいらっしゃるまで、お待ちくださいませ」

「あの……アンナの、コウル皇国から連れてきた侍女の姿が見えないのですが」

到着した日は傍にいたのだが、アンナの姿を今朝から一度も見ていない。婚儀の前もラトバーンの侍女たちがマリーアの身支度を調えてくれていた。

　ふと気になって訊ねると、侍女は首を傾け、ああ……と呟いた。

「コウル皇国の兵士たちが明日こちらを発つとのことで。手続きなどのため、彼らに会いに行っているようです」

「明日……」

　ゲルトが帰国するのは当たり前だ。だというのにマリーアは置いていかれるような寂しさを感じた。

「彼女はこちらに残ると聞いております。ご心配なさらずに」

　侍女はマリーアが表情を曇らせた理由を、アンナが帰ってしまうと勘違いしたからだと思ったらしく、朗らかに微笑んで言った。

「そう……。ならばよいのです……」

　マリーアが薄く笑み返し言うと、侍女は一礼して部屋から退出する。

　一人きりになったマリーアは、ぼんやりと部屋を眺める。

　棚の上に置かれた燭台《しょくだい》が、淡く部屋を照らしていた。

　ここは王太子ルカーシュの寝室だという。

　マリーアとの婚姻話が早く進んだため、夫婦の寝室はまだ準備が整っていないらしい。

　天蓋付きの広い寝台と、長椅子とテーブル。装飾品などは見当たらず、一国の王太子の部屋にしては、簡素な部屋だった。

しばらくしてトントンと扉を叩く音がした。

長椅子に座っていたマリーアはビクリと身体を震わせ、扉に目を向ける。

ナイトドレスの上に羽織っていたガウンの合わせを、胸元でぎゅっと強く握り込む。

「……はい」

小声で返事をすると、ガチャリという音とともに扉が開き、白銀の髪をした青年が姿を現した。

――この方が……。ルカーシュ・ラトバーン……。

王太子とは婚儀のときに一度会ってはいた。しかしマリーアは重々しいベールを被り、始終俯《うつむ》いていたため、夫となる人の顔を見てはいなかった。

穏やかで理知的な紺色の双眸に、通った鼻梁《びりょう》。かたちのよい唇に、滑らかな輪郭。

燭台の炎に照らされた顔は精巧な人形のように、整っていた。

「こうして顔を合わせるのは初めてですね。マリーア皇女。ルカーシュ・ラトバーンです」

ルカーシュは長椅子に座るマリーアに近づくと、その場に膝をつき、よく通る声で名乗った。

マリーアは王太子を迎えるというのに無礼にも座ったままでいたことに気づく。慌てて淑女の礼をするため立ち上がろうとすると、腕をやんわりと掴まれた。

「そのままで構いません」

「ですが……」

「隣に座ってもよろしいですか？」

「……はい」

マリーアは狼狽《ろうばい》を隠し、頷《うなず》く。

王太子が自身と同じ十八歳なのは知っていた。けれど髪の色も顔立ちも、どのような性格をしているのかも誰も教えてはくれなかったし、マリーアも訊ねなかった。

彼の容貌がハッと目を惹くほど整っていたことに気づくと同時に……自身が夫になる人に対して何の興味も抱いていなかった事実に気がつき、呆れた。

夫になるのだ。ルカーシュの顔立ちがよいのは喜ぶべきことなのだろう。

けれども——広い寝台でこれからする行為を想像すると、浮かれるどころか心は冷えていくばかりだった。

「マリーア皇女……いえ、マリーアとお呼びしてよいですか？」

ルカーシュが、穏やかな声で問いかけてきた。

マリーアは隣にいる王太子をそっと見上げ「はい」と返事をした。

ルカーシュはしばらく黙ってマリーアを見返したあと、物憂げに瞬いた。

「……少し、話をしましょうか」

「……話、ですか？」

「ええ」

異性と寝室で二人きりになるのは初めてなので、男性が閨事《ねやごと》の前にどのような態度を取るのが『普通』なのかわからない。

しかしルカーシュは床入りに乗り気ではないように感じられた。

この婚姻はマリーアだけでなく、ルカーシュにとっても政略結婚だ。

恋人、もしくは想いを寄せている女性がいるのかもしれない。もしくはマリーアの容姿が好みではなかったのか。

ありふれた色合いの亜麻色の髪に、濁《にご》った緑色の瞳。醜くはないと思うが、鏡に映る自分は華がなく、陰気さがあった。

五歳年下の異母妹クリスティーネは艶《つや》やかな金髪と、ぱっちりとした大きな碧眼《へきがん》の華やかな少女だった。成長したらもっと美しくなるに違いない。

異母妹が結婚相手ならば嬉しかったのだろうに、とマリーアはルカーシュを哀れに思った。

「ご存じかもしれませんが……ラトバーンはこの五年間、大きな災害が立て続けに起き、多くの民が犠牲になりました。作物が被害を受けたことによる、餓死者も少なくはありません。そのうえ父……陛下は臣下の意見を無視するかたちで、治水費用のため税を上げてしまった。困窮した民の不満は王家に向けられています」

ルカーシュはマリーアから視線を外し、壁を見ながら話した。

ラトバーンに大きな災害があり、民たちが困窮しているのは知っていた。しかし詳しい内容、作物の被害や、餓死者。ラトバーン王の政策については初耳だった。

マリーアは皇女ではあるが、他国どころか自国の国情にすら疎い。どう答えてよいのかわからず黙っていると、マリーアに構わずルカーシュは淡々と話を続ける。

「この婚姻……コウル皇国との同盟は我が国にとって、いえラトバーン王家にとって、何としても叶えたい重要なものでした」

「……ええ」

コウル皇国は同盟を結ぶにあたり、多額の援助をラトバーン側に申し出たという。

ラトバーンの国の事情は何となくわかったが、マリーアはどうして初夜を前にしてこのような話をするのか、ルカーシュの真意がわからなかった。

この婚姻はあくまで政略結婚だと、国のためであり自分の意思ではないと、マリーアに主張したいのだろうか。

「あなたは恋をしたことがありますか？」

居心地の悪い沈黙あと、ルカーシュが淡々とした口調のまま、問いかけてくる。

「……は……？　恋、ですか？」

国の事情の話をしていたのに、がらりと話題を変えられ、マリーアは意味がわからず首を傾ける。

「恋。恋愛です。恋をしたことがありますか？」

ルカーシュは重ねて問うてくる。

なぜそのような質問をするのだろう。純潔であることを疑われているのだろうか。

マリーアはゲルトへの片恋は誰にも明かしていない。

ラトバーンに到着してからはゲルトどころか、他の男性とも会話すらしていなかった。

戸惑いながらルカーシュを窺うと、彼は口元に柔らかい笑みを浮かべ、マリーアを見下ろしていた。

「……私は……わかりません」

見透かすような眼差しを向けられ、マリーアは俯く。

ありませんと、そう答えなければならないのはわかっていた。けれど脳裏にずっと恋い焦がれていた男の姿が浮かんでしまう。

叶うことのない、誰にも知られてはならない、自分だけの秘密の恋。

マリーアはゲルトへの恋心を大切に胸の中にしまい、温めてきた。皇宮の代わり映えのしない寒々しい日々の中で、ゲルトへの想いだけが春の陽気のように暖かかった。

マリーアはその想いを否定したくなかった。恋ではなかったと、その場限りの嘘であっても言いたくない。

曖昧な答えを不審に思ったのだろうか。再び居心地の悪い沈黙が続いた。

――軽はずみに、答えてしまった……。

幼い頃ならばあると、過去のこととして話せばよかった。しかしそういう答えすらも、純潔や不義を疑われる原因になるのかもしれない。

――政略結婚というのは……こういうものなのね……。

互いの国の利益のための結婚だ。

たとえ夫婦の会話であっても、国の不利益になることを話してはならない。自分の何気ない発言がコウル皇国の汚点になってしまう。

己の置かれた立場に改めて気づき、マリーアは怖くなった。

足をすくわれないように。決して隙を見せないように。誰にも心を見せず、これからずっと死ぬまで、異国の地で、気をひきしめ暮らしていかねばならないのだ。

コウル皇国で役立たずな皇女として暮らしていたとき以上に、寒々しい日々が待っている。

冷えた水を飲んだかのように、身体が奥から凍えていく。

「僕は……恋をしたことがないのです」

ルカーシュは小さく息を吐いたあと、そう言った。

「かたちばかりの婚約者がいた時期もありますが、結婚には至らなかった。王族の嫡子として、国のために結婚しないといけないと幼い頃から言われていたのもあったからかな。愛とか恋とか、そういう気持ちを抱いたことがないのです」

ルカーシュは穏やかな声音で続ける。

「王族であるならば国のために生き、民のために役に立たねばなりません。国益になる相手と結婚するのは王家に生まれた者の義務です。でも、だからこそ僕は……義務を果たし、僕の妻になってくれたあなたを大切にしたい」

マリーアはハッとし、俯いていた顔を上げた。

ルカーシュはマリーアを見ていなかった。何もない白い壁を——いやもっと先にある何かを、見据えているかのようだった。

「今の僕たちの間には恋愛感情はありません。けれどいつか……長い時をともに過ごすうちに信頼し合い、穏やかに想い合える。そんな関係を築けたらと思っています」

ルカーシュはマリーアへと視線を移す。

「あなたを王妃として敬い、あなたの善き夫となれるよう努力します」

真摯な眼差しで誓うように告げられ、マリーアはルカーシュを正視できず俯いた。

——この方は王族として誠実に私に向かい合おうとしている、だというのに私は……。

ゲルトへの想いを抱えたまま、異国の地で寒々しい日々が始まるのを恐れていた。皇女として仕方がないと運命を受け入れながらも、己の身を嘆き、哀れんでいた。

ラトバーンに向かう旅路の中で、このまま旅が続けばよいのにと願った。ゲルトが自分を攫ってくれないだろうかと、淡い欲望すら抱いていたのだ。

国や父、民、そしてゲルトの将来を考えるならば、決して望んではならない願いだった。

思慮のなさを突きつけられた気がして、マリーアは自身を恥じた。

「私は……」

口を開くものの、続ける言葉が出てこない。

「昨日、ラトバーンに到着したばかりですし、あなたも疲れているでしょう？」

ルカーシュは重くなった空気を取りなすように、朗らかに言う。

「僕はここで休むので、あなたは寝台を使ってください」

ルカーシュはマリーアの態度から何かを感じ取ったのだろう。マリーアとの共寝に猶予をくれるらしい。

閨事は痛いと聞いていた。恐ろしいし、相手は今日初めて顔を合わせたばかりだ。

先延ばしにしてくれるならば、そのほうがよい。けれど。

――我が娘として、皇女としての務めを果たせ。

父にかけられた言葉を思い出し、マリーアは唇を噛む。

――私はコウル皇国の皇女として嫁いできたのだから……。

役立たずの皇女として、誰からも期待されず、いない者として扱われてきた。そんな自分にようやく与えられた初めての務めなのだ。

ルカーシュがラトバーンの王太子として義務を果たさねばならないように、マリーアもまたコウル皇国の皇女としての務めを果たさねばならない。逃げるわけにはいかなかった。

「いいえ……疲れてはいません」

マリーアは顔を上げルカーシュを見つめ、首を横に振った。

愚かだとわかっていても、自分の感情を上手く処理できない。ゲルトを想うと切なくなった。だからこそ、ラトバーンで生きていくために、きちんとルカーシュの妻になりたかった。

「マリーア……これから僕たちは多くの時間をともにするのです。互いのことを知ってからでも遅くはありません。僕はあなたの気持ちが落ち着くのを待てないほど、せっかちな男ではありませんよ」

ルカーシュは肩を竦め、おどけるように言う。

異性との交遊はゲルトと異母弟のヨハンくらいだったけれど、マリーアは言動や態度から、ルカーシュは優しい人なのだと感じた。

「……殿下は……私のことがお嫌いですか？」

訊ねると、ルカーシュは哀れみの籠もった目でマリーアを見返した。

「いえ……。あなたが、震えているから」

膝に置いていたマリーアの手の甲に、ルカーシュの指がそっと触れる。

ナイトドレスに爪を立てたマリーアの手は、小刻みに震えていた。ルカーシュに指摘され、自分が震えていたのに気づく。

マリーアは手のひらを返し、勇気を出して、ルカーシュの指を握った。

ルカーシュの指は冷たかった。

すんなりと長く、節が骨張っているものの、皮膚は滑らかだ。剣など持ったことはないのだろう。その手は傷ひとつなく、美しかった。

「皇女として……いえ、あなたの妻としての務めを果たしたいのです」

マリーアは迷いそうになる心を隠し、必死でルカーシュを見つめる。

マリーアの覚悟と想いを受け取ったのか、彼の手がマリーアの手を握り返してきた。

◆◇◆

「マリーア様。……何をされておられるのですか」

十二歳の頃だ。皇宮の裏手にある庭を歩いていると背の高い男に出会った。

男は青い兵士服を着ていた。

「お散歩を……しています」

「お一人でですか？　侍女はどうなされたのです」

マリーア付きの侍女は四人いて、交代でマリーアの世話をしてくれていた。

その中の一人。最近入ったばかりの若い侍女は怠け癖でもあるのか、頻繁にいなくなる。

マリーアは午後の決まった時間だけ、散歩が許されているのだが、その侍女が見当たらないので一人で庭に出たのだ。

「危なくはないと思って……」

いつもは、侍女がいないときは庭に出るのを我慢していた。

けれど今日は、窓から綺麗なピンクの花びらをつけた花が咲いているのが見えた。どうしても近くで見たくなって庭に出たのだ。

しかし、やはり一人で庭に出てはいけなかったのだろう。

男は怒っているのか、眉間《みけん》に皺《しわ》を寄せていた。

「ごめんなさい」

マリーアが小さな声で謝ると、男の眉間の皺はさらに深くなった。

「……部屋までお送りしましょう」

「でも……。わかりました。はい」

マリーアは残念だったけれど、素直に頷いた。花が見たかったのだけれど、諦める。

「……今日は無理ですが……許可をいただき、マリーア様の散歩の護衛をいたしましょう」

「ごえい？」

「ええ、お供させてください」

男はそう言って、僅かに口元を緩めた。

その翌日、彼はマリーアの散歩に付き合ってくれた――。

皇女でありながら立場の弱いマリーアに構ったところで、得などないだろうに。

職務の延長か、それとも哀れみか気まぐれか。

彼の気持ちはわからないけれど、母を早くに亡くし、父からは顧《かえり》みられない。恵まれた身分にありながら、いつも孤独だったマリーアには彼の優しさが嬉しかった。


「……マリーア？」

寝台の上に座りぼんやりと天蓋から吊されたカーテンを見ていると、ルカーシュが顔を覗き込み、名を呼んだ。

――こんなときに、ゲルトと初めて会った日のことを思い返すなんて。

「すみません。緊張しておりました」

マリーアは慌てて謝罪をする。

「もう少し……緊張がとけるまで、お喋りをしましょうか」

気づかう言葉に、マリーアは「いいえ、大丈夫です」と答えた。

じくりと痛む心を振り切るように、寝台に上がり、その格好をとった。

――恥ずかしい姿勢だけれど……仕方がない。

マリーアは少女の頃に見た光景を思い出す。

庭をゲルトと一緒に散歩していたときだ。

庭の裏手にある厩舎近くの小屋で、茶色い毛並みの大型犬が繋がれていた。

その犬は、同種のもう一匹の犬に、背後から襲いかかっていた。喧嘩だろうかと思ったのだが、何やら様子がおかしい。訊ねるとゲルトは『交尾』だと、子どもを作っているのだと教えてくれたのだ。

ルカーシュとの結婚でもっとも大事なのは、子どもを作ることである。

子どもはコウル皇国とラトバーン王国の同盟の証だ。

父は、はっきりとは命じなかったが、健康な男子を産むことを、ラトバーンの国母になることを望み、マリーアを嫁がせたに違いない。

四つん這いになったマリーアは、ナイトドレスの裾をたぐり寄せた。下着は身につけていないので、ひやりとした空気がむき出しの尻に触れた。

「……あの……マリーア……その……何をなさっているのですか？」

ルカーシュが僅かに息を呑んだあと、訊ねてくる。

「……交合をなされるのでは……？」

「いえ、そうですけど……。僕の顔を見るのが、それほど不快なのでしょうか？」

「……不快？　そのようなこと思ってはおりませんが……」

ルカーシュの問いかけの意味がわからない。

「いえ……。……コウル皇国ではその姿勢で……その……交合をするのが普通なのですか？」

「……ラトバーンでは違うのですか？」

子作りは獣も人も同じで、国によっても同じだと信じ込んでいたが、違うのだろうか。

「普通では……あ。……少し待っていてもらえますか」

困惑していると、ルカーシュはそう言って寝台から下りた。

何やら物音がし、すぐに戻ってくる。

マリーアはどうしたらよいかわからず、そのままの格好でいた。すると、突然尻に冷たいものが触れた。

「……っ」

マリーアはびくりと尻を震わせる。

「少し我慢してください。ここ……お尻が赤くなって、擦りむけてしまっています」

「だ、大丈夫です……」

慣れない馬での長旅のせいで、尻の一部分が擦りむけていた。

座ると多少の痛みがあるものの、我慢できないほどではない。

「傷は浅いですが、化膿して酷くなったら大変でしょう？　侍女は薬を塗らなかったんですね」

「その…………閨中に、においがしてはいけないだろうと」

昨晩は薬を塗って寝た。

けれど今日は、身支度を調えてくれたラトバーンの侍女たちから、薬を塗るのは止めておきましょうと言われた。

よく効く薬ではあるのだが、薬草独特のキツいにおいがあるからだ。

「僕は気にしませんよ」

ルカーシュの指が、マリーアの尻に薬を塗り込んでいく。

「……で、殿下。じ、自分でします」

侍女に薬を塗り込まれても恥ずかしくはなかった。けれど異性だからだろうか。激しい羞恥心が襲ってきて、マリーアは慌てた。

「すぐ終わりますから」

「で、ですが……」

四つん這いのまま振り返ると、ルカーシュの手は尻から離れていた。

「少し待っていてください。……手を拭いてきます」

そう言って再び寝台から下りて、扉が開閉する音がした。どうやら寝室から出て行ったらしい。

——……このままで……待っているべきなのかしら。

考え込んでいると、しばらくしてルカーシュが戻ってくる。

先ほどよりも時間がかかったのは手に付着した薬を洗い流していたからであろう。

「あの……ありがとうございます」

「僕も初めて馬に乗ったとき、調子に乗って長時間騎乗していたら、お尻の皮が剥《む》けて酷い目に遭いました。……マリーア、その姿勢のほうが痛くないならば、そちらでもよいのですが……痛いならば、無理にせずともいいかと」

四つん這いのまま背後にいるルカーシュを振り返り礼を言うと、彼は戸惑いがちに視線を揺らしながら言う。

「……痛みは少しあるだけなので……大丈夫です」

「ならば、その……コウル皇国ではその姿勢で交合するのが普通なのですね」

「……ラトバーンでは、この姿勢で交合しないのですか？」

やはり国によって交合の姿勢が違うらしい。マリーアが念のために訊ねると、ルカーシュは困ったように微笑んだ。

「……その姿勢でする人もいるとは思いますけど……それとは違う姿勢でする人のほうが多いと思います……ですが、あなたがそちらのほうがよいのなら、そちらで」

「いえ……殿下に合わせます」

マリーアはもぞもぞと姿勢を正し、ルカーシュに頭を下げた。

「申し訳ありません……」

「どうして謝るのです？」

「……ラトバーンについて不勉強で」

「不勉強なのは僕も同じです。コウル皇国ではあの姿勢での交合が一般的なのだと、知りませんでしたから」

マリーアはだんだんと自信がなくなってくる。

マリーアは、正式な閨教育を受けていない。

閨の中では殿方に従うことと、繋がるところが不浄の場処の近くにあるのは教えられていたが、それ以外の詳しい作法などは知らなかった。

「コウル皇国で一般的といいますか……幼い頃……犬が交合しているのを目撃したのです。それで、ずっと交合はああいう姿勢でするのだと思っておりました」

「え……？　ああ。……い、犬はそうですね……」

ルカーシュは何度か大きく瞬きをしたあと、口元を自らの手で覆った。どうしたのだろうと不思議に思っていると、肩が震え出す。

「……どうして、笑っていらっしゃるのですか？」

「いえ、あの、すみません。……犬と人とは違うというか……。人は犬と違って立って歩きますし、手があるでしょう。だからもっと他の姿勢があるというか……」

ルカーシュは口元を隠したまま、若干声を震わせながら、言いにくそうに説明をした。

どうやら、犬と同じ姿勢で交合するのは一般的ではないらしい。

「ずっと……私は勘違いをしていたのですね」

「いえ、ああいう姿勢もあるにはあるのですが……」

思い込みであのような姿勢を取ってしまった。けれど——それはそこまで笑うほどの失態だったのだろうか。

笑いすぎではなかろうか。ルカーシュの肩はずっと震えている。人の失敗をここまで笑うなんて、失礼である。

——優しい人と思っていたけど、実は悪辣《あくらつ》な人なのかも。

「殿下……」

マリーアは不愉快になってきて思わず眉を顰《ひそ》めた。するとルカーシュは笑うのをやめ、すみませんと詫《わ》びる。

「いえ、てっきり……コウル皇国ではそれが普通なのだと思いかけていたので……そんな自分がおかしかっただけで、あなたを笑ったわけではありません。ですが、失礼でした。申し訳ありません」

弁明したあと、ルカーシュは再び謝ってくる。

「謝らないでください……恥ずかしいので、忘れてください」

笑われるのも嫌だけれど、謝られるのもいたたまれない。

確かにルカーシュの言ったとおり、獣と――犬と人は違う。交尾を見て衝撃を受けたからであろうか。ずっと子作りはあのような姿勢でするのだと思い込んでいた。自分の無知さが恥ずかしかった。

「あの姿勢が間違っているわけではないのです。ただ、初めてですし……あなたの顔を見ていたほうがよいと思って」

「……顔を？」

「ええ……口づけしてもよいですか？」

問いかける口調だったのに、マリーアが返事をする前に、ルカーシュは顔を寄せてきた。

初めての口づけは一瞬で、唇を掠めるとすぐに離れた。

ほんの少しの触れ合いだったからだろうか。不快な気持ちになるのでは、と不安に感じていたが、そんな感情は抱かなかった。

「……続けてもいいですか？」

低い声で訊ねられ、マリーアは小さく頷く。

そしてルカーシュのかたちのよい唇が、マリーアのこめかみ、目の下、頬にゆっくりと触れていった。

長い指が首筋を撫で、羽織っていたガウンを脱がせた。

薄いナイトドレスだけになると心許なくなる。

ラトバーン王国はコウル皇国よりも平均気温が低い。初夏だというのに、夜になると肌寒かった。

ルカーシュの手が腰に回り、押し倒そうとしてきたので、マリーアは抵抗せず、身を委ねた。

上からのしかかられると、寒さは感じなくなったが、代わりに恐ろしさのようなものが胸の奥からじんわりと広がっていく。

「……嫌だと感じたなら言ってください。すぐに止めますから」

指先で頬を撫でられる。優しい瞳がマリーアを見つめていた。

「……大丈夫です」

マリーアが答えると、口づけが降ってくる。先ほどと同じくらい優しい、触れるだけの口づけだ。

ルカーシュの唇は首筋へと、辿るように移動していった。熱い吐息が肌に触れ、擽《くすぐ》ったい。

「……っ」

首を竦めると、ルカーシュの右手に左胸を覆われた。

薄い絹のナイトドレス越しに彼の体温が伝わってくる。冷たかった彼の指は、今は触れ合っているせいか、温かく感じた。

マリーアの小さくはないが豊かでもない胸を、手のひらが緩慢に撫でている。胸のかたちを確かめるようにさわさわと触れられていると、中心の部分がじんと痺《しび》れてきた。

縮こまるように硬くなった胸の先を、ぐりぐりと指腹で押さえられると痺れが増した。

初めての感覚に戸惑っていると、胸を撫でていた手のひらが、ゆっくりと下へ——腹から太股へと移動していった。

ナイトドレスの上から下腹部に触れられ、マリーアは思わず身体を捩《よじ》らせた。

「……嫌ですか？」

小さな声で訊ねられ見上げると、ルカーシュが不安げにこちらを見ていた。

マリーアが首を横に振ると、ほっとした表情になる。

「少しだけ、足を開けますか」

優しく促され、マリーアは足を開いた。

陰部を繋げることが交合だというのは知っている。

繋げやすくするため、自らの手でナイトドレスをたくし上げようとすると、ルカーシュの左手がそれを止める。

「……殿下？」

「じっとしていてください」

命じられたまま動かずにいると、開いた足の合間に指が滑り込んできた。

薄い布地越しに、ルカーシュの指がゆっくりと秘部の上で動き出した。

すりすりと縦になぞられているうちに、胸を触られたときと同じように、そこがじんと痺れてくる。

「んっ……」

痛みとは違う疼《うず》きに、マリーアは太股を震わせ、小さく呻《うめ》く。

「マリーア。大丈夫」

問いかけるというよりも、言い聞かせるような響きだった。

大丈夫、と何度も囁きながら、ルカーシュはマリーアのそこでクニクニと指を動かす。

彼の指が蠢《うごめ》くたび、痺れと疼きが広がっていき、じんわりとそこが熱く湿っていく。

「んっ……ふっ」

今まで意識したことのない部分がヒクリと蠢いた。

「唇を噛まないで……大丈夫だから」

無意識に噛んでいたらしい。

ルカーシュは自らの唇をマリーアのそれに触れ合うほどに寄せて言う。

彼の吐息が触れて寒気のような……けれど寒気とは違うぞくりとした感覚が背筋に走った。

「あっ……んっ」

噛んでいた唇を解くと、甘い声が零れた。

胸が早鐘を打ち、顔に熱が集まる。

口づけされても、身体に触れられても、羞恥や、初めての感覚への怯えと戸惑いはあるが、嫌悪感はなかった。それどころか――彼に触れられ、僅かではあるが心地よさを感じ始めていた。

それに気づき、マリーアは失望感と罪悪感のようなものを抱いてしまう。

自分はまだゲルトを吹っ切ったわけではない。彼のことをまだ好きなはずだ。ルカーシュは会ったばかりの人なのにどうしてと、胸が苦しくなった。

「マリーア……嫌ならやめます」

ぎゅっと目を閉じると、眦《まなじり》から涙が零れた。

身勝手な感傷に囚われているというのに、ルカーシュは優しく接してくれる。申し訳なくて、情けなくなった。

「殿下……優しくしないでください」

「……マリーア」

「大丈夫ですから……だから、優しくしないで」

零れ落ちる涙をルカーシュの指が拭う。

「わかりました。すぐに終わるから……少しだけ我慢してください」

ルカーシュはそう言うと、ナイトドレスの中に手を入れ、マリーアの秘処を探った。

「……っ」

身体の中に何かが入ってくる。ルカーシュの指だろうか。痛みよりも異物感にマリーアは眉を寄せた。

そこが繋がる場処なのだろう。ルカーシュは狭いそこをほぐすように、指を蠢かす。

「マリーア。目を閉じて」

しばらくして指が抜き取られた。マリーアは命じられるまま目を閉じる。

ルカーシュの手のひらが両方の膝裏に宛《あて》がわれ、尻が浮いた。

そして――。

「あっ、ううう……んんっ」

硬く熱いモノが先ほどまで指があった場処に触れ、ぐぐっと媚肉を割るように入り込んできた。

――痛い。痛い、苦しい……。

指とは比べものにならないくらいの圧迫感と、引き裂かれるような痛みに、マリーアは身体の上にいる男の肩に爪を立てる。

「……もう少し、我慢をして」

ルカーシュは上擦った声で言う。

――痛い。我慢できない。痛い。やめて。

嫌だ、と叫びたいのを堪え、唇を噛んだ。

マリーアは、わかっていた。

性急に身体を繋げたのも「優しくしないで」とマリーアが願ったから。

愛撫に身体が馴染んでも、心がついていかない。

マリーアの気持ちをルカーシュは察してくれたのだ。

やめずに性交を続けるのは、コウル皇国の皇女としての役目を果たそうとしているマリーアを慮《おもんぱか》ってのことだ。

ルカーシュはマリーアが本気で嫌がる素振りを見せれば、やめてくれるだろう。だからこそ、マリーアは決して「痛い」や「我慢できない」という言葉を口にするわけにはいかなかった。

「すぐに終わりますから……マリーア、もう終わるから」

マリーアの気持ちを察してか、身体を割り開く凶暴さとはうらはらに、掠れた優しげな声が降ってくる。

マリーアは薄く目を開ける。

苦しげに顰められた眉の下、ルカーシュの双眸は僅かに濡れ、甘やかな色が宿っている。

ぐっ、ぐっ、と身体の奥を硬いもので何度か擦られ、熱いものが奥で弾けた。

少しして、ぬぷっとマリーアの中から硬いものが抜け落ちる。

「あっ……う」

「……マリーア」

名を呼ばれ視線を向けると、すぐ近くにルカーシュの美しく整った顔があった。

「……終わり……ですか？」

「もう痛いことはしません」

ルカーシュはそう言って、マリーアの髪を撫でた。

「……申し訳ありません」

「……どうして謝るのです？　……僕のことを嫌いになりましたか？」

思わぬことを問われ、マリーアは言葉足らずな自分が嫌になる。そうではないと知って欲しくて、彼の頬に指を伸ばした。

「違います……望んだのは私なのに……怖じ気づいてしまって」

「身体も心もゆっくり慣れていけばよいのです。これから長い時間をともにするのですから、焦る必要はありません」

ルカーシュが微笑む。

優しい人だ。結婚相手が、初めての相手が彼でよかったと心から思った。

「……待っていてくれますか」

甘えたいような、そんな気持ちになりマリーアは言う。

「待ちませんよ」

ルカーシュは少しだけ意地悪そうな笑みを浮かべた。

「僕は恋をしたことがないと言ったでしょう？　慣れないのは僕も同じです。一緒に、ゆっくり、二人で歩いて行きましょう」

　そう言って、マリーアの指先に口づけを落とす。

　安堵感と焦燥感が入り交じった、不思議な気持ちになる。

「……におい……気になりませんでしたか？」

　マリーアは落ち着かないので話を変えたくなった。

「におい？」

「お尻に塗った薬の……」

「ああ……全く気になりませんでしたよ。あなたはよい香りがします」

「それはきっとラトバーンの香油の香りです」

「そうでしょうか。よい匂いがする」

　ルカーシュがマリーアの首筋に、かたちのよい鼻を擦りつけた。

「で、殿下……嗅がないでください……擽ったいです」

　彼の鼻息が首筋に触れ、マリーアは肩を竦めた。

「痛いことはしませんから、もう少し一緒にいさせてください」

　ルカーシュは顔を上げると、マリーアの傍に横たわる。そしてマリーアの背に手を回し、抱き寄せた。

マリーアはおずおずと、ルカーシュの脇腹に手を宛がう。

ルカーシュは衣服を纏ったままだった。マリーアも乱れてはいたがナイトドレスを纏ったままだ。

布地越しではあったが温かな体温が伝わってくる。

しばらくするとルカーシュの寝息が聞こえてきた。

ルカーシュも婚儀で朝から忙しなかったはずだ。きっと疲れているのだろう。

マリーアは心地よい音に耳を傾けながら、ゆっくりと目を閉じた。


起きてからしばらくの間、マリーアは自分がどこにいるのかわからなかった。

見知らぬ天蓋をぼんやりと見つめているうちに、ラトバーンに嫁いだことを思い出した。

半身をゆっくりと起こす。

侍女が着せてくれたのか、昨夜着ていた薄絹のものではなく、布地の厚い白のナイトドレスを着ていた。

ガチャリと扉を開ける音がし、足音が近づいてくる。

天蓋のカーテンが僅かに開く。朝陽が薄暗かった寝台の中に差し込んできた。

「……すみません。起こしてしまいましたか」

燭台の灯の中では夕闇のような紺色だったルカーシュの双眸が、朝陽を浴び瑠璃のように鮮やかに煌《きら》めいている。

「いいえ……。起きておりました」

明るい場所で初めて目にするルカーシュの容貌に、マリーアは思わず俯く。

瑠璃色の瞳だけでなく、白銀の髪も白く滑らかな肌も、昨夜よりもいっそう鮮やかだ。爽やかな雰囲気を纏う美しい青年を前に、マリーアは戸惑ってしまった。

「……辛いところはありませんか？」

痛みはあったが我慢できないほどではない。

マリーアは俯いたまま首を横に振った。

「僕の顔を見てくれないのは、怒っているからですか。初めてなのに酷い真似をしてしまった」

不安げに訊ねられ、マリーアは慌てて顔を上げる。

「怒ってなど……殿下は私に優しくしてくださいました」

「本当に？　遠慮しなくともよいのですよ」

念を押すように訊ねられ、マリーアは「遠慮などしておりません」と答えた。

ルカーシュは心配げにマリーアを見つめたまま、話を続ける。

「今日は休んでいてください。僕は夕方まで戻って来られないと思うので、ここで過ごしてもよいですし、自室で休んでも、どちらでも構いません。何かあれば侍女に気兼ねせず言ってください。それからこれを」

ルカーシュは手を差し出す。

「カンデール連邦国などでは、結婚したら薬指に指輪を嵌《は》めるという習慣があるそうです。ラトバーンにその習慣はないのですが、大切にされていた宝石には想いが宿り、つけている人の身を守ってくれるという言い伝えがあります。これは、僕の母が生前大事にしていた指輪です。母は祖母から。祖母は曾祖母からもらったそうです」

ルカーシュの手のひらの上には、銀のリングに翠玉がついた指輪があった。翠玉は小粒だったが、透明感があり、希少価値がありそうだ。

「そのような大切なもの……」

宝石そのものの価値もだが、ルカーシュにとっては母の形見だ。やすやすと受け取れない。

「大切なものだからこそ、あなたに持っていて欲しいのです」

恐縮してしまうが、ルカーシュの妻となったのだ。断るのもおかしい気がする。

マリーアはしずしずと、手を伸ばしかける。するとルカーシュは待ってと言い、マリーアの手を握った。

どうやら嵌めてくれるらしい。

「あなたを災厄から守ってくれますように」

ルカーシュはそう言いながらマリーアの左手の薬指に、翠玉の指輪を嵌めた。

「ありがとうございます……」

「夕食の時間までには戻るので、一緒に食べましょう」

ルカーシュははにかんだような笑顔を浮かべ、握っていた手を離した。

「殿下」

マリーアはどうしてもルカーシュに伝えなければならないと思い、呼び止める。

「殿下ではなく、名前で呼んでください」

「……ルカーシュ様」

「様もつけなくてよいですよ」

「いえ……あの……ルカーシュ様。私も……ラトバーンの王太子妃、そしてあなたの善き妻になれるよう、努力いたします」

指輪をもう一方の指で撫でながら、マリーアはルカーシュに告げた。

――善き王妃となり、健康な男子を産む。そして、いつかその子の妻になる女性にこの指輪を渡すのだ。

マリーアは心の中で誓った。

ずっと長い間、恋をしていたゲルトのことを忘れたわけではない。純潔を失った今も恋心はまだ胸の中にあって、すぐに思い切れはしない。けれどいつか。多くの時間をルカーシュとともにするうちに、切なさや痛みは薄まり癒えていくだろうと思った。

始まりは政略結婚でも、目の前の優しい人とならば、きっと穏やかで温かな関係を築くことができる。

胸が苦しくなるほど深く苛烈《かれつ》な愛や恋はなくとも、信頼し合った同志のような……そんな愛情を育める予感がした。

「……ありがとう。マリーア」

花が綻ぶようにルカーシュは微笑んで、マリーアに口づけした。

ルカーシュが出て行くと、入れ替わるように侍女が寝室に入ってくる。

こちらに食事をお持ちしましょうか、と侍女に訊ねられたが、下腹部に違和感があるだけだ。

寝台に籠もっているのも気が引けたので、ラトバーンがマリーアのために整えてくれた自室に戻ることにした。

「今日くらい殿下もゆっくりなされたらいいのに」

「真面目なお方ですからねえ」

「今は特に、陛下と臣下方の間を取り持っておられるから、お忙しいのよ」

朝食を終えたマリーアは長椅子に座り、王太子妃付きの侍女たちが会話しているのを眺めていた。

「マリーア様。入り用なものがありましたら何でも仰ってくださいね」

侍女の一人がマリーアに話をふった。

「もう少しすればコウル皇国から、荷が届くと思うので……」

輿入れの際、多くの荷物も運んではいたが、その中にマリーアの私物はほとんどなかった。ラトバーンが災害続きで困窮しているため、救援の物資が優先されたからだ。

衣類や使っていた日用品、趣味の道具や本などは後日、送り届けてくれると聞いていた。

「ならそちらの品が届いてから、必要なものを揃えていきましょうか」

「ドレスの方は採寸しましたので、数日後には何着か仕上がってくると思います。マリーア様、苦手な色などはありませんか？」

「ありません」

至れり尽くせりで申し訳なく感じるが、ラトバーンの王太子妃になったというのに、いつまでもコウル皇国風のドレスを着ているわけにはいかない。

それにまだ予定は立っていないというが、お披露目の夜会もあるという。ラトバーンの淑女たちの目もあるので、身なりには気をつけなければならない。

「王妃殿下は赤を好まれて着ていたので、マリーア様は青のほうが違いが出てよいかもしれませんね」

「そういえば……ルカーシュ殿下のお母様……王妃殿下はお亡くなりになられているのです

ね」

マリーアが訊ねると、侍女は沈んだ顔をした。

「ええ……先の災害で。二年前のことです。ルカーシュ様の十歳年下の弟君とともに、孤児院の慰問に向かわれたのですが……そこで運悪く洪水の犠牲に……」

マリーアは言葉を失う。

ラトバーンに災害があったのは知っていたが、その災害で王妃と王子までが犠牲になっていたのは知らなかった。

――ルカーシュ様はお母様と弟君を同時に失ったのね……。

マリーアは当時のルカーシュの苦しみを想像し、胸を痛めた。

「ちょうど治水工事を延期したあとに起きた災害だったので、陛下はとても後悔をなされて……そのせいで大臣たちと意見が対立するようになったのです」

昨夜、ルカーシュは民の不満が王家に向かっているとも話していた。

「難しい話はなしにしましょう。ルカーシュ殿下は、民からも臣下からも慕われています。それにマリーア様のような素敵な方が王太子妃になったのです。ラトバーンの未来は明るいと、みな喜んでいますよ」

暗い雰囲気を感じ取ったのか、別の侍女が明るい声音で言う。

マリーアは政治に疎い。

コウル皇国にいたときも、公の場に出る機会がなかったのもあり、かろうじて遠戚の名前はわかるくらいで、顔と名が一致する臣下は数人だけだった。

ラトバーンに到着し、まだ三日目だ。

民のことも臣下のことも知らない。

婚儀に参列していたらしい国王のことも、会話はおろか姿すら見ていなかった。

――政治についてもわからないけれど……。

ルカーシュについて話す侍女たちの顔は明るい。

ルカーシュに任せていれば何の心配もいらないのだと、マリーアは思った。


ずっと不在だったアンナが部屋に姿を見せたのは、お昼を少しばかり過ぎた頃だった。

「すみません。マリーア様。皆様にもご迷惑をおかけして。あとのことは私がやりますので」

「そう。ならお茶の準備をしてくるので、お任せしますね」

「マリーア様、私たちはお茶菓子の準備をしてきます」

マリーアとアンナを残し、侍女たちが部屋から出て行く。

アンナはマリーアが自国から連れてきた侍女だ。

二人きりで話したいこともあるだろうと、気を利かせてくれたのかもしれない。――アンナとは出会ったばかりで、親しさは彼女たちとあまり変わらないのだが。

けれど訊きたいこともあったので、ちょうどよい。

「ゲルトたちは帰国しましたか？」

「ええ……先ほど」

「そう……」

もう二度と会えないのだろうか。いや……もしかしたらこの先、外交の場で顔を合わすこともあるかもしれない。

──でも……その頃にはきっと、この胸の痛みはなくなっているだろう……。

時間がマリーアの恋心を風化させてくれるに違いない。

「……マリーア様、お訊ねしてもよいですか？」

マリーアがゲルトに想いを馳せていると、アンナが躊躇《ためら》いがちに口を開いた。

「何でしょう」

これからともに働いていくラトバーンの侍女たちについて訊ねたいのだろうかと気軽な気持ちでいたのだが、アンナは意外な質問をしてくる。

「マリーア様は……ゲルト様がお好きなのですか？」

「…………皇宮の護衛兵士だったことがあり、……ゲルトにはお世話になりました。信頼していますし、感謝もしています」

マリーアはアンナの質問に、無難な答えを返した。

どうしてそんな質問をするのか。不信感を露わにしてアンナを見ると、彼女は気まずそうに視線を逸らした。

「私が……ゲルト様と初めて会ったのは十歳のときです。それから――あの方を目標にして、生きてきました。あの方には、幸せになって欲しいと思っています」

ゲルトは将来有望な兵士で、容姿も整っている。

――彼に恋をしているのは、私だけではないとは思っていたけれど。

アンナもまた彼を恋い慕っていたのだ。

視線を揺らしながら言うアンナを見て、マリーアは心の中で苦く笑った。

「父に手紙を書きます」

「手紙？　……陛下にですか？」

「ええ。……侍女はいらないと。その手紙を持ってコウル皇国に帰国してください」

「マリーア様？」

「ゲルトが好きなのでしょう？　あなたたちの恋の邪魔はしたくありません」

自分と同じ片恋なのか。十歳のときならば、マリーアよりも長い付き合いだ。もしかしたら、深い仲なのかもしれない。

本心から祝福はできなかったけれど、不幸になって欲しいとも思わない。二人にとって自分の存在が邪魔になるほうが嫌だった。

マリーアの言葉にアンナは驚いた顔をした。

「違うのです。私は……そういうことではなく……申し訳ありません」

アンナは動揺をし、小さく消え入りそうな声で詫びた。

「気にしないで」

マリーアは首を振った。

考えてみると、ゲルトとの関係がどうとかという以前に、仕事とはいえ異国の地で暮らさなければならないアンナは不憫だ。

もともとマリーア付きの侍女であったならともかく、アンナとは今回の旅が初対面だ。マリーアに付き従う義理はない。

それにアンナは侍女の仕事に不馴れなところがあった。おそらく他の侍女たちがラトバーンに来るのを嫌がったため、彼女が選ばれたのだ。

「今からだとゲルトたちに追いつくのは難しいけれど……。私の荷を運んでくれる者たちが来るでしょう？　彼らと一緒に帰国をしてください」

アンナは唇を噛みしめ、眉を顰める。

マリーアなりの厚意なのだけれど、気に入らないのだろうか。今にも泣き出しそうな顔をしているアンナに、マリーアは驚く。

「……どうかしたのですか？」

「荷は……来ないのです」

「え……？」

そのときだ。

鐘の音だろうか。ゴーンと物々しい音が鳴り響いた。そしてそのあとすぐ、何かが爆発するような――地鳴りのような音が続いた。

「……な、なに……」

いったい何が起きたというのか。

マリーアが窓から外を確認しようとすると、腕を取られた。

「マリーア様。大丈夫です。心配いりません」

アンナはマリーアの腕を掴み、真剣な顔をして言った。

アンナの眼差しに不吉な予感がして手を離そうとするが、固く掴まれた手はビクともしない。

「離して！　誰かっ……」

助けを呼ぶため叫ぼうとすると、アンナはハンカチーフを取り出し、マリーアの口を塞いだ。ハンカチーフからは今まで嗅いだことのない異臭がした。

「ん、んんっ……」

もがいて逃げようとするが、きつく口に押しつけられる。

だんだんと意識が朦朧《もうろう》としてくる。

マリーアの崩れ落ちる身体を、女性にしては逞しいアンナの腕が抱きとめた。

ぼんやりと掠れた視界の先で、扉が開かれるのが見えた。

長身で黒髪の男がこちらに向かってくる。

――……どうして……彼が……。

ゲルトがなぜここにいるのか。

訊ねようとするが、思考は虚ろになる。視界が黒く染まった。

◆◇◆

ぽつりと、額に滴が落ちた。

――頭が痛い……。ここは……？

薄《うっす》らと聞き覚えのある声が聞こえてくる。

「雨が降ってきました」

「そうだな……。思いのほか火の手が回るのが早かった。この雨で被害も少なくてすめばいいが」

「できるだけ最小限の被害でとどめたいと言っておきながら、ラトバーンの方々は血気盛んだ。それだけ王家への鬱憤《うっぷん》が溜まっていたということなのでしょうが、こっちの都合も考えて欲しいものです」

「この雲の様子だと大雨になりそうですね。野営地まで急ぎましょう」

「いや、俺は伝令が来るまでここで待機する」

「なら私が皇女殿下をお預かりします」

「……………そうだな」

知らない声もあったが、ゲルトの声がした。それから女性の声。アンナの声もする。

身体がふわりと浮く。

マリーアが重い瞼《まぶた》を開くと、ちょうど目線の先に逞しい男の顎《あご》が見えた。

「……………ゲルト？」

「お気づきになられましたか」

名を呼ぶと、闇色の瞳がマリーアを見下ろす。

マリーアは麻布に包まれ、ゲルトに横抱きにされていた。

視線を揺らすと、馬の毛並みが見えた。どうやら屋外にいて、先ほどまで馬に乗せられていたらしい。

どうして……と頭の中で繰り返しているうちに、意識を失う前のことを思い出していく。

長い間会っていなかった父に突然ラトバーンに嫁ぐよう言われたこと。長く荒れた山道の旅路。そして――。

「……どうして、あなたがここにいるのです？」

――いや、違う。どうして私がここにいるのだろう。

ラトバーンの王太子妃になった自分が、なぜ屋外でコウル皇国の兵士に抱かれているのか。

マリーアは視線を巡らせ、周囲を探る。

薄暗かった。空がどんよりと濁っているからだ。

ぽつりぽつりと雨を降らせ始めた空の色では、時間帯がわからない。

心配げにこちらを見ているアンナ。兵士たちの姿もあった。

木々が見える。――見覚えのある場所だった。

マリーアは以前、ここから見た景色を思い出しながら、そちらに視線を向けた。

石作りの巨大な城門。白い尖塔。ラトバーンの王城――そこには記憶とは違う光景が広がっていた。

城門の一カ所が崩れ、その奥に真っ赤な火が見えた。ぼうぼうと黒い煙が尖塔を覆っている。

「あれは……なんてこと……」

ラトバーンの王城が燃えていた。

指が小刻みに震え始める。ひどく動揺しているというのに、頭の中は冷静だった。

マリーアは震えながら、愚かな自分を嗤《わら》った。

「婚姻を命じられたとき……皇女だと認めてくださったのだと思いました。コウル皇国の皇女として恥じぬようにせねばと……けれど、違ったのですね。お父様は……あの方は、最初から……このために私を……」

どのような政略や事情があったのかはわからない。

けれどこの状況からして、父がラトバーンに攻め入るために……そのためだけにマリーアを嫁がせたのは間違いない。

「離して……」

マリーアは呻くように言い、もがいた。

ゲルトはゆっくりとマリーアを下ろす。

「殿下っ」

気絶するときに、おかしな匂いを嗅がされたせいか、足に力が入らない。

崩れ落ちそうになる身体を再びゲルトが抱きとめようとするが、マリーアは渾身《こんしん》の力で男を押し返した。

濡れた地面にマリーアは座り込む。

「触らないでっ……みなで私を騙していたのでしょう……どうして……っ」

マリーアはか細い声で、彼らを詰《なじ》った。

彼らは兵士だ。父の命令に逆らえはしない。わかっている。わかっているけれど、こみ上げてくる憤《いきどお》りを、どこに向けたらよいのかわからない。

説明されていたのなら。ラトバーンに侵攻するための囮《おとり》だと事情を知らされていたら。今のように苦しまずにすんだのだろうか。

大人しく父の命令に従っていたのだろうか。

哀れんだり、情を抱いたりすることなく——。

「マリーア様……陛下はマリーア様を切り捨ててよいと仰いました。けれどゲルト様はどうしてもあなた様の命を救いたいと——」

「アンナ」

言葉を遮り、叱責するようにゲルトがアンナの名を呼んだ。

「……父にとって私は……捨て駒だったのね」

マリーアが呟くと、己の失言に気づいたのだろう。アンナの顔が青ざめた。

皇族ならば国のために生き、民のために役に立たねばならない。国益になる相手と結婚するのは皇女としての義務だ。

けれど、単なる捨て駒だったとしても、役に立てたと喜ばねばならないのか。国のために、身と命を差し出すことを誉れだと思わねばならないのか。

そして捨て駒にならずにすんだことを、命を救ってくれたゲルトたちに感謝せねばならないのか。

マリーアの心の中の問いかけに答えるように、ポツポツと大きな雨粒が、マリーアの額を、瞼を、頬を、唇を濡らしていく。

わからない。マリーアにはわからないことだらけだ。何も考えたくなかった。

ふと下を見ると自身の左手が見えた。薬指には翠玉の指輪が嵌まっている。

侍女たちは逃げ切れたのだろうか。あの優しい人は――。

もはや自分にできることなど何もない。

マリーアはただ呆然と、燃え盛る火を雨が消し止めてくれるのを祈ることしかできなかった。

◆◇◆

その日、長き歴史を誇っていたラトバーン王国は大陸史から消えた。

サダシア共和国と名を変え、ラトバーンの重臣たちの手により新たな歴史を刻み始めることになる――コウル皇国の従属国として。

マリーアはアンナの口から事の経緯を教えられた。

父は以前からラトバーン王国に興味を持っていたのだという。

ラトバーンの重臣たちと秘密裏に繋がりがあり、マリーアを嫁がせたのは、王国軍を油断させるだけでなく、革命軍に武器を渡すという目的があった。災害用の救援物資だと説明されていたが、あの中には武器と火薬が積まれていたらしい。

ラトバーン王は疑り深い性格で、多くの荷を運び入れると革命軍の目論見が知られてしまう可能性があった。

ラトバーン王が以前からコウル皇国の皇女と息子を婚姻させ、同盟を結びたがっていたのもあり、この方法が取られたのだという。

「災害が続き多くの民が餓死しているというのに、ラトバーン王は税を上げ、払えぬ者には重罰を与えていたのです。陛下の決断で多くのラトバーンの民が救われるはずです。そして、戦争になれば、ラトバーンだけでなく、我が国の民も犠牲になり、多くの血が流れたでしょう……マリーア様はみなの命を救ったのです」

アンナはマリーアを励ますつもりなのか、そう口にした。

真実を知ったところで、何かが変わるわけではない。自身の愚かさと無力さを知るだけだった。

コウル皇国に戻ったマリーアは以前と同じ暮らしに戻った。

穏やかな、何もない生活。かたちだけの皇女殿下。けれど以前以上に空虚な日常だった。

そして八か月後。マリーアの再婚が決まった。

それを伝えに訪れたのは、父ではなく皇妃であった。

「断る方法はいくらでもあるというのに、あなたは愚かにも、ラトバーンの王太子と交わったのでしょう？　孕《はら》んでいたら、子を殺さねばならぬところでした」

冷たい目で言われ、マリーアは呆然とする。

王太子の妻となり、彼を受け入れることが皇女としての義務だと思った。

国のために民のために、父のために。それがマリーアの役目なのだと、そう信じていたのだ。

マリーアは腹に手をやる。

この腹に子がいたかもしれない。彼との子を望んでいたことを今になって思い出し、できていなかったことに安堵した。

そんな自分が、哀れで卑怯で滑稽に感じた。

「あなたは幸運に感謝せねばなりません」

我が子が殺されずにすんだのだ。皇妃の言葉のとおりなのだろう。

けれどマリーアは、自身が幸運だとは思えなかった。

父とは会っていない。ゲルトとも顔を合わせていない。

「何かあれば手紙をください」

異母弟で皇太子のヨハンだけが、別れのときそう言って、マリーアの身の上を案じてくれていた。

そうしてマリーアは三十歳年上の辺境伯へ嫁いだ。

## 二章　決別

マリーアが辺境伯へ嫁いでから、五年。

「奥様、馬車の用意ができました」

「……すぐに行きます」

侍女が呼びに来るのを待っていたマリーアは、長椅子から立ち上がりドレスの裾を直す。

マリーアは腰まである長い髪を結い上げ、ベールの付いた黒の帽子を被り、黒のドレスを着ていた。

黒一色なのは、ひと月前に辺境伯である夫が亡くなり喪に服しているからだ。

部屋から出ると、家令が待ち構えていた。

「必要な荷物は纏めてあります。落ち着き先が決まったら連絡しますので、届けてください。残りは処分してもらって構いません」

マリーアが指示すると、「わかりました」と家令が頷き、マリーアの自室に視線を向けた。

「あれだけで……よろしいのですか？」

家令が戸惑うように訊いてくる。

五年間暮らしていたにしては、荷物が少ないからだろう。公の場に出ることなく、引き籠もってばかりだったのでドレスは多くない。

「鉢植えを残していきます……お世話をお願いしてもよろしいですか」

辺境領地で暮らすようになってから、マリーアはハーブを育てるのを趣味にしていた。大事にしてはいたが、流石に鉢植えを持って行くわけにはいかない。

マリーアが頼むと、家令は「わかりました」と神妙な面持ちで答えた。そして。

「私のことを恨まれておいでですか……？」

と、目を伏せて口にした。

家令は四十代前半だが、見た目は二十代後半にしか見えない。彼は男性であったが……辺境伯、マリーアの亡き夫の愛人だった。

嫁いでからしばらくは、夫と家令の関係をマリーアは知らなかった。結婚してすぐの頃、夫から高齢で男性としての欲望がなくなったため、閨での役目は果たせないと告げられていたからだ。マリーアはその嘘を信じ込んでいた。

しかし偶然、二人が獣のようにまぐわっているのを目撃し、彼らの関係を、同性間であってもそのような関係になるのだということを知った。

関係を知られてから、夫はマリーアに己の性的嗜好を隠さなくなった。

そしてどうやら同じ頃、マリーアが皇族として尊重されていない、それどころか皇帝から疎まれていると聞いたらしい。

夫はあからさまにマリーアを見下し、無視されるだけならよいが、愛人である家令に色目を使ったと叱責するようになった。

家令がマリーアを庇うと機嫌の悪さが増した。

罰だと言われ、背を鞭《むち》で叩かれたこともある。そのときは夫だけでなく、家令も嫉妬深い主人――恋人に命じられるまま、マリーアの背に鞭を振るった。

酷い傷を負ったマリーアは、心労も重なり数日間高熱を患《わずら》った。

流石にそれ以来、そこまでの無体はされなくなったが、みみずばれの痕は未だに背に残っていた。

辺境領での五年間の日々は、決して幸せなものではなかった。

「……恨んではいません。あなたのことも……旦那様のことも」

恨んでいるかと家令に問われたマリーアは、五年間を振り返り淡々と答えた。

家令の気持ちを楽にさせるための偽りではなく、本心からの言葉であった。

家令が夫に命じられ拒否できなかったのもわかっているし、すでに亡くなっている夫を恨み続けても虚しいだけだ。

遠巻きに見ているだけだった辺境領の侍女たちに対しても、恨みはない。厄介ごとに巻き込まれるのは、誰だって嫌だし、避けたいはずだ。

「赦《ゆる》していただきたいとは思いません。ですがどうか……お元気でお暮らしください。あなたの幸せを願っております、マリーア様」

家令はこの五年間、一度もマリーアを『奥様』と呼ばなかった。

妻であるマリーアへの対抗意識なのか、それとももっと別の感情があるのかはわからない。

マリーアには、夫と家令の関係は歪《いびつ》に見えた。

しかし彼らの間にあったものが『愛情』だというならば、それを否定するつもりもなかった。

夫には子どもがいない。彼の妹の子が跡を継ぐことが決まっていた。

家令は夫の死後も今までと変わらず、辺境伯家の屋敷で働き続けるという。

そして未亡人になったマリーアは皇帝の命により、皇都へと戻る。

「……あなたもお元気で」

マリーアは頭を下げる家令に声をかけ、五年間過ごした屋敷をあとにした。


辺境領から皇都までは馬車で十五日ほどかかる。

マリーアは降嫁してはいるものの貴人である。本来なら御者の交代要員や護衛を付けなければならないのだが、馬車は小型の箱馬車で、御者は辺境領に長年勤めている年配の男性だけ。同乗している者は、腰を痛め今日付けで侍女を退職した老女一人きりだった。

その理由はマリーアが軽んじられているからではなく、ちょうど皇太子ヨハンが辺境領の隣、ダトムの鉱山に視察に訪れていて、彼の一行とともに皇都へ戻ることになったからだ。ヨハンは辺境領の屋敷まで迎えに来ると言ってくれたが、屋敷からダトムまでは森を抜ければすぐの距離にあり治安もよい。手間を掛けさせるのも申し訳なかったので、マリーアは断りを入れ、辺境領の馬車でダトムまで行くことにした。

侍女――今日付けで辞めたので元侍女になる――が、ダトムで暮らしている息子夫婦の元に戻る予定だったのもあり、ついでなので彼女を送り届けるための馬車にマリーアは同乗した。

――幸せを願っている……。

馬車の中でマリーアは家令に言われた言葉を思い返す。

皇帝から戻ってくるようにと書かれた書簡が届いたのは、夫が亡くなってすぐだった。かたちだけだったとはいえ辺境伯夫人だ。事後処理があると理由をつけ皇都に戻るのを拒んでいると、皇帝のような強引さはないものの、皇太子である弟からも帰郷を促す手紙が届いた。

再々婚になるというのに、マリーアはこの国の駒としての価値を失っていないらしい。

マリーアは今年で二十四歳になる。子を産める年齢であるし、皇族と縁戚関係になりたい貴族がいるのだろう。

――旦那様がもう少し長生きしてくれていたら……修道院に行く許可が下りたかもしれない

のに……。

また婚姻するのかと思うと、憂鬱になった。

誰かを愛し、誰かに愛されている自分を想像できないマリーアにとって、結婚は恐怖でしかなかった。

少し前にゲルト・キストラーの噂を耳にした。

ラトバーン王国での一連の働きにより父に気に入られたゲルトは、正規軍の副将に抜擢されていた。

さらに二年前、西南で起きた反乱を鎮め、皇都では若き英雄と呼ばれ人気を得るまでになった。

その英雄ゲルトの元に皇女が降嫁するという。

五歳年下のクリスティーネはマリーアと同様に、ゲルトを気に入っていた。

少々の年齢差と身分差があるが、民に人気があり父の信頼も厚いので、婚姻が許されたのだろう。

今更、異母妹に嫉妬はしない。

けれど二人を祝福できそうもなかった。

幸せそうな二人を前にして、どうして自分は——と比較してしまい、惨めになってしまう気がした。

かつてマリーアにも、幸せな未来を期待したときがあった。炎とともに消え去った過去を思い返しそうになり、マリーアは首を横に振った。そして薬指に嵌めてある翠玉の指輪を、もう片方の指で触る。

この指輪を嵌めている資格はマリーアにはない。

けれどコウル皇国では男性が女性に宝石を贈るときは指輪よりもネックレスが多く、周りの者たちから見咎められ外すように言われなかったこともあり、嵌めたままにしていた。

ずっと身につけているので考え事をするとき、指輪に触るのがクセのようになっている。

――皇女である以上、父の命令に背くわけにはいかないのだから。

この命が潰《つい》えるまで……いや、その価値がなくなるまで、国と父、そして民のために生きなければならないのだ。

鬱々《うつうつ》とした気分でいると、馬車の速度が徐々に落ちていき、がくんと揺れた。

「……っ。なにごとっ……」

マリーアの向かい側に座り、うつらうつらしていた元侍女の老女が、びくりと身体を震わせ目を開けた。

ガガと異音がしたあと、ガクンと馬車がもう一度大きく揺れて止まった。

小窓から外を確認するが、木々が見えるだけで異変はない。

「どうかしたのですか！」

老女が御者に、大きな声で訊ねたが返事がない。

「見て参りましょう。マリーア様はここでお待ちください」

老女が座席から立ち上がろうとしているのを見て、マリーアは止める。腰痛を患っている老女に無理はさせたくない。

「私が見てきます。あなたはここで待っていてください」

「ですが」

マリーアは渋る彼女を無視し、馬車の扉を開け、外に出た。

馬車が通れるように一応は舗装されているのだが、道の際には大きな岩石がある。そこに車輪が乗り上げてしまっていた。

押せば何とかなるだろうか。そう思いながらマリーアは御者台に視線を移し、息を呑んだ。

「……大丈夫ですかっ」

「う……うぅ……」

御者は血の気をなくし、胸を押さえている。発作でも起こしたのか、額から汗がだらだらと流れていた。

マリーアの声に異変を感じたようだ。老女が杖をつきながら、馬車から出てきた。

「これは……しっかりなさい！」

老女が声をかけるが、御者は白目を剥き意識を失ってしまう。

応急処置をしようにもマリーアには医療の知識がない。老女も同じらしく、ぐったりした御者を前におろおろしていた。

「あなたはここにいてください。私は人を呼んできます」

乗り上げている車輪を老女と二人で戻すのは無理だ。車輪をどうにかできても、そもそも二人とも馬車を扱えない。

誰かが通りかかるのを待つ選択肢もあったが、いつになるかわからない助けを待つよりも、呼びに行ったほうが早い。

「そんな！　私が行って参りますので、マリーア様はここでお待ちください」

「杖をついて助けを呼びに行くには時間がかかります。少しでも早く、助けを呼ばないと」

この様子からして、御者の命を救うのは厳しいだろう。けれど何もせず、命の灯火《ともしび》が消えるのを眺めている気にはなれない。

「この森は人を襲うような獣もいないと聞いています。森を抜ければ集落もあるでしょうし、心配しなくとも大丈夫です」

「……わかりました。……肌寒いですから、これを」

老女は膝丈まである茶色い外套を脱ぎ、マリーアに渡す。

「ありがとう。馬車が通りかかったら、すぐに助けを求めてください」

マリーアは外套を受け取り羽織る。そして老女にそう言い残し走り出した。

威勢よく走り出したものの、すぐに息が上がり苦しくなってくる。

マリーアは普段、走るのはおろか長い距離を歩く機会すらない。

屋敷の庭をゆっくり散策する程度だ。

情けないことに、横腹がきりきり痛み出し足が重くなってくる。

それでも何とか必死に走っていたのだが、足が縺《もつ》れ転んでしまった。

「……っ」

起き上がりながら、ベールのついた帽子を毟《むし》り取るように脱いだ。

肩で息をしながら一歩踏み出したとき、ゴロゴロと空が鳴った。

——……雷……？

マリーアは空を見上げる。

空はいつの間にか分厚い雲で覆われ、どんよりと翳《かげ》っていた。

まだ降ってはいないが、いつ雨が降り始めてもおかしくないような空模様になっている。

——ならばなおのこと、急がないと。

マリーアは痛む腹を押さえ、走り出そうとしたのだが——。

空が光り、ドンと地鳴りのような激しい音がした。

あまりに近くで響いた音に、心臓が跳ね上がる。

音だけでなく、地面も少し揺れていた。

どうやら雷が落ちたようだ。

音の近さからして、森のどこかに落雷したに違いない。

大木に雷が落ちて、山火事になった話を耳にしたことがあったマリーアは、残してきた老女が心配になった。

御者と馬車は諦めて、彼女とともに森を出たほうがよいかもしれない。

――違う場所に落ちたのだったら、時間の無駄になるけれど。

マリーアは迷いながらも、馬車まで戻ることにする。もし森が火事になり老女が命を落としてしまったら、見捨ててしまったと後悔しそうだったからだ。

馬車を離れてすぐに息切れをしてしまったので、それほどの距離を走ってはいない。

マリーアはハアハアと荒く呼吸をしながら、小走りに元いた場所に戻った。

「……っ」

マリーアはその光景を目にし、息を呑んだ。

落雷により木が折れたのか、大木が馬車を潰している。

馬車の木片の下敷きになっている人影が見えたのは一瞬だった。

炎が立ち上がりあっという間に、人影を包み込んでいく。

あれではもう助けられない。

いや、炎に包まれても人影はピクリともしない。すでに亡くなっている可能性が高い。逃げなければと思った。

炎はボウボウと不吉な音を立て、馬車を燃やしている。

木々に燃え移るのは時間の問題だ。森はじきに火の海になる。

逃げないと――と、マリーアは自身に呼びかけるが、足が地面に張り付いたかのように動かない。

戻ってくるときも走ったので疲れてはいたが、動かないのは疲労のせいではなかった。

心が激しく揺らいでいるから、動けないでいた。

――ここで生き延びたところで……。

真っ赤に燃え盛る火は、あの日の出来事をマリーアに思い起こさせた。

父にとって自分が捨て駒に過ぎないと知った日。ラトバーン王国が滅びた、あの日のことを。

皇都に戻れば、父の命じるまま、父にとって都合のよい相手に嫁ぐ。自分に待っているのは、空虚で寒々しい日々だ。

――ならばいっそのこと、ここで終わりにしても……。

このまま森とともに焼かれるほうが楽になれるのかもしれない。

そんな誘惑に囚われていたのだが――。

「…………雨？」

冷たいものがマリーアの頬を濡らした。

ぽつりぽつりと降り始めた雨は、すぐにザーッと激しい音を立てる土砂降りになった。

勢いよく燃えていた火は次第に弱まり、霧のような煙が立ち上るだけになる。

黒焦げになった馬車から、風に乗り異臭が漂ってきた。

マリーアは風に揺れる煙をじっと見つめた。

煙は風に吹かれ、消えていった。

――あの煙は……まるで私だわ……。頼りなく、周囲の意思のままに揺らめき、そして消えていくだけ……。

国のために民のために、皇帝である父のために婚姻する。

そして婚姻後は夫に迷惑がかからないよう、善き妻を演じる。

それが皇族としての、皇女として生まれたマリーアの義務であり役目なのだ。

わかっている。わかってはいるのだ。

マリーアは薬指に嵌めている翠玉に触れる。

――いったい、いつまで……？　死ぬまで……私はこのままなの……。

皇女として認められているのならば、義務も役目も意味がある。

けれど父は――ラトバーンから戻ってきたマリーアに、何の言葉もかけてくれなかった。

侍女たちのマリーアへの態度も変わらなかったし、皇妃はマリーアが決意をもって受け入れた行為を『愚か』だと言った。

辺境伯の妻としての役目を終えて皇都に戻ったところで、前と同じだ。誰もマリーアを褒めてはくれないだろう。そうしてまた、不本意な結婚を強いられる。

次の相手が辺境伯のような同性愛者ならばよい。けれど子を産む行為を望まれたら。

——……嫌だ……。

夫に「陰気な女だ」と嘲られたのを思い出した。

お前のような女を寄越した皇帝が腹立たしいと罵られ、愛人である家令に色目を使ったと誤解され、浅ましい女だと怒鳴られた。

馬用の鞭で背を叩かれた。マリーアが唇を噛み痛みに耐えていると、声を出さないことが腹立たしかったのか夫は激高した。

家令が止めようとすると、夫はさらに怒りを募らせマリーアを虐《しいた》げた。

夫のことは憎んでいない。家令のことも恨んではいない。

ただ——どうしてこんな目に遭わねばならないのか。自分が哀れで、悲しくて虚しかった。

ずっとこの先も、こんな日々が続くのだろう。

同じ皇女でありながら、父に愛されている異母妹クリスティーネはゲルトと結婚し、彼の子を産むというのに。

——……こんな風に生きていくのなんて……嫌よ……。

皇女として生かされてきたのだ。教育を受けられたのも平民より豊かな生活をしているのも、マリーアが皇族だからだ。

だというのに……こんな考えを抱くなんて間違っている。

——でも、きっと、今しかない。

戻ればすぐに再々婚を命じられるであろう。

皇都の治安は兵によって守られている。かたちばかりとはいえ皇女なのだ。マリーアの容姿は、兵たちも知っている。見逃してなどもらえない。

——だから、今しかない……。

馬車は黒焦げになっている。発見されても、しばらくはマリーアも中にいると思い、捜索はしないはずだ。

——辺境領には港がある……。

マリーアは辺境伯夫人であったが、こちらの領民に顔を知られていない。

家令との関係が広まるのを怖れていたのか、不遇な扱いをしていることを知られたくなかったのか。夫はマリーアが屋敷外に出るのを固く禁じていた。

——逃げる……逃げたところでどうなるの？　きっとすぐに見つかる。でも逃げられるかもしれない。でも、どこに？　どこに逃げるというの？　逃げ場所なんてない。危ないわ。けれど生きていたところで……意味があるの？　誰からも必要とされず、風が吹けば消えていくほどの価値しかないというのに。

マリーアの心の中で、感情が溢れる。

雨が痛いくらいに肌を打つ。身体の奥底まで冷たくなっていく。

頭の芯が冷え、愚かな思いつきを止めようとする声がして、その声を振り切るようにマリーアは頭をぶんっと大きく振った。

乱れ、濡れた髪が肌に張り付く。

化粧が崩れるのも厭《いと》わず、荒く顔を拭う。

そしてマリーアは、焼け焦げた者たちから目を逸らし、辺境領へ向かって歩き出した。


港があると聞いていたが、正確な場所はわからない。

森から出たマリーアはとりあえず家並みを目指し歩いた。

歩いているうちに雨脚は次第に弱まり、東の空には晴れ間が広がっていた。

ガタゴトと馬車の音が聞こえ目をやると、小型の荷馬車がこちらに向かって来るのが見えた。

マリーアは脇に避ける。

道を訊ねようかと迷っていると、荷馬車が止まる。

「酷い嵐だったね。大丈夫かい？」

御者台には二人乗っていた。

夫婦らしき中年の男女だ。女性のほうが心配げに声をかけてきた。

「はい。何とか。あの……港へ行きたいのですが、どちらの方向でしょうか？」

「港？　港なら、こっちじゃなくて、あっちだよ。ちょうど、仕入れに行くとこだ。乗っていくかい？」

「……よろしいのですか？」

「荷を積む前だからね。そこでよければ、乗っていきな」

雨に打たれびしょ濡れになっているので申し訳なかったが、朗らかに言われ、マリーアは厚意に甘えた。


夫婦に礼を言って馬車を降りる。

降りる頃には、先ほどの雷と雨が嘘のような青空が広がっていた。

港は潮の香りと生臭さが入り交じった不思議な匂いがしている。

いくつもの船が碇泊《ていはく》していて、小型の漁船もあれば大型の漁船もあった。

漁船ではなく荷船だろうか。一際大きな船があった。

積み荷を運んでいる船員たちがいる他に、十人ほどの旅人らしき者たちが一列に並んでいた。

彼らを誘導している船員は長身でがっちりとした、無精髭を生やした厳《いか》めしい顔つきの男だった。

人が途切れたのを見計らい、マリーアはその男に話しかける。

「この船はどこに向かうのですか？」

「ラハの港だ」

ラハはカンデール連邦国の有名な港街である。

「この船は荷ではなく船客も乗せているのですか？」

「……ああ」

訊ねると、男は眉を寄せ訝《いぶか》しげにマリーアを見下ろした。

「私も乗せてもらえないでしょうか？」

「旅券はあるのかい？」

コウル皇国では国境を越えるとき、身分を証明する旅券が必要だった。

「いいえ、持っていません」

「密航は犯罪ですよ、お嬢さん」

男は呆れ顔で言う。

以前、異国民は安い賃金で雇えるため、港での密航をあえて見逃していると、亡くなった夫が話しているのを耳にしたことがあった。辺境領だけでなく、国家としての方針だと。

けれどそれは他国の民が、コウル皇国に労働者としてやってくるのを前提とした話だった。

自国民が異国へ密航するのは、不可能なのか。

港に行けば何とかなるだろうと楽観的に考えていたマリーアはひどく落胆した。しかし。

「犯罪だが……できないこともない」

男はマリーアの耳元に顔を寄せ、小声で言った。

「これがあればね」

親指と人差し指で輪を作って、ニヤリと嗤う。

「……………お金はないのです」

「ハハハ。そりゃあ無理だ。旅券があったとしても金がなきゃ乗れない。諦めな」

「待ってください。船で働きます。それでは駄目ですか？」

立ち去ろうとする男に慌てて言うと、彼は溜め息を吐いた。

「世間知らずのお嬢さん。あんたみたいなお嬢さんが船の中で働ける仕事なんてないさ。あるとしたら、そうだな。船員の慰み者になるくらいだ」

「なぐさみもの……」

「船旅の間、船員の男たちの情婦になるんだ」

「…………情婦になれば、乗せてくれるのですか？」

再々婚して、新たな夫と情交するのは嫌だった。しかし、船員たちにならば犯されてもよい気がした。

おかしな考えだけれど誰かの意思ではなく自分の意思でならば、酷い目に遭おうとも意味があると思ったのだ。

そして——そのような扱いを受けたマリーアは恥ずべき皇族として、系譜から名を消されるに違いない。

役立たずの、かたちだけの皇女ですらなくなるのだ。

「船乗りには荒くれ者が多い。あんたが思っている以上に酷い扱いを受ける。何があったのか知らんが、冷静になったほうがいい」

自暴自棄になっていると察したのか、男はどこか諭すような優しげな声音で言った。

マリーアは唇を噛みしめた。

——彼の言うとおりだ。酷い目に遭い、殺されてもいいの？　私が死んだところで父は哀れんだりしない。当てが外れたと惜しんだとしても一瞬だ。

あのときも、マリーアは父にとって捨て駒だった。

父はラトバーンの王城でマリーアが死んだとしても、一切悲しまなかったはずだ。

悲しむのはマリーアを気にかけてくれている異母弟ヨハン。もしかしたら、ゲルトも少しは悲しんでくれるかもしれない。

──それとも……妹と結婚するゲルトへの、二人への当てつけなのだろうか……。

二人はマリーアの想いなど知らない。当てつけにもならないだろうに。

己の行為がひどく虚しく愚かに思えてくる。

逃げようと、ここではないどこかに行けるのなら何でもしようと思っていた心が揺らぎ始める。

そして同時に他人の目を気にし、迷ってばかりの弱い自分が情けなくなった。

──これからもずっと、弱いままでいいの……？

マリーアは薬指に嵌めている翠玉の指輪に触れた。

「お？　いいモノがあるじゃないか。それでもいいぞ」

「……いいもの……？」

「その指輪だ。ガラス玉じゃなさそうだ」

男はマリーアの指輪を注視して言う。

「……指輪を渡せば……船に乗せてくれるのですか？」

「売ればいい金になる。あんたを旅客としてラハまで運んでやるよ」

「けれど……これは……」

──あなたを災厄から守ってくれますように。

優しい眼差しが脳裏に浮かびマリーアが渋ると、男は肩を竦めた。

「なら諦めるんだな。情婦の話もしたが、とてもじゃないがあんたに務まるとは思えない。俺も後味の悪い思いはしたくないんでね」

この指輪はあれからずっと嵌めたままでいた。

指輪を持っている資格はもうない。けれど罪悪感なのか未練なのか……枷《かせ》のごとく外せないでいた。

──でも……もう……。未練も罪悪感も、自分の名も捨てて、どこか遠くへ、誰も私のことを知らない場所に行けるのなら……。

マリーアは指輪を外す。

呆気ないほどするりと、指輪が抜けた。

「これでいいですか」

「ああ」

男の大きな手のひらの中に指輪が消える。

ラトバーンの王太子ルカーシュ・ラトバーンはあの日、王城に放たれた火によって焼死した。

マリーアがそれを聞いたのは、皇都に戻ってすぐの頃だ。

国王とは違い、王太子は臣民から慕われていた。焼け焦げた遺骸《いがい》は、臣民の手により、丁重に埋葬されたとも聞かされた。

マリーアはそのとき、涙は流さなかった。悲しいとも思わなかった。

知らなかったとはいえ、彼を死に追いやったのはマリーアだ。泣くことも悼《いた》むことも赦されなかった。

けれど……あのときは冷たく凍えていた心が、軋んだように痛む。

「乗りな。じきに出航だ」

「……ええ」

マリーアは桟橋を渡る途中で、一度足を止めた。

本当にこのまま逃げ出していいのか――迷ったのは一瞬だった。

マリーアは振り返らず、歩を進めた。

三章　面影

「アンナ。これとこれが三番のお客さんね。で、こっちが四番。で、これとこれが八番」

「はい」

赤ワインと野菜炒めが三番。鶏肉の燻製が四番……でこれとこれが……。と、頭の中で繰り返しながら、厨房から客の座るテーブルへと順番に運んでいく。

「アンナちゃん。こっちまだ？」

十一番の席に座る馴染みの客が訊いてくる。

「もうすぐだと思うんですけど……念のために厨房に訊いてきますね。すみません」

「いいよ。こっちこそ急かしてごめんね」

注文を聞いてからずいぶん経っていたが、客は朗らかに笑んでいる。

アルコールが入っているのもあって、待たされて烈火のごとく怒る客もいた。未だに怒鳴られるのは慣れないので、客の態度にホッとした。

「しかし、今日も大入りだねえ」

客が賑わう店を見回し言う。

「ええ。ありがたいことです」
アンナ――マリーアは微笑んで頷いた。

カンデール連邦国の中心部にあるロバル島。その港街の一角にある酒場『ベリンダ』は、多くの船乗りたちが集う人気の店だ。

酒の品質は良く、種類も多い。

酒のつまみと呼ぶには豪勢な料理もあり、安くて美味しいと評判だった。

食事と酒を目当てに来る客も多い。しかし人気の最大の理由は店の名にもなっている『ベリンダ』の存在だ。

店の女主人であるベリンダは、情熱的な赤毛に、魅惑的な緑の目を持つ華やかな美女だった。

豊かな胸と細い腰。気《き》っ風《ぷ》の良い性格。

彼女に気に入られると海難事故に遭わないという噂がまことしやかに囁かれていて、ベリンダはロバル島、いやカンデールに住む船乗りたちの女神のような存在になっていた。

そんなベリンダの元でマリーアが働くようになって、二年の月日が経っていた。

二年前、辺境領から荷船に乗りラハの港に到着したマリーアだったが、お金もなければ行く当てもなかった。

コウル皇国とは違い多くの異国民たちが往来する喧噪を前に、途方に暮れていると一人の男がマリーアに声をかけてきた。

翠玉の指輪と引き換えに、マリーアを船に乗せてくれた男だった。

男はラハの港に仕入れに来ていたベリンダを、マリーアに紹介してくれた。

船に行商人が乗っていて、翠玉の指輪を高値で買い取ってくれた、そのお礼だと男は言った。

船員だと思っていたのだが、男はあの荷船の船長だったらしい。

「お節介というか……厳つい見かけだけど、面倒見はいいからねえ」

見るからに事情がありそうなマリーアを放っておけなかったのだろうと、男と古馴染みのベリンダは言っていた。

面倒見がよいのはベリンダも同じで、自身の店で雇うだけでなく、マリーアにお金と住む場所を貸してくれた。

マリーアは今まで一度も労働などしたことがない。

働き始めたのはよかったが、掃除すらまともにできず、失敗を繰り返してばかりいた。

一年くらいは給金をもらうのが申し訳なくなるくらい役立たずだったのだが、そんなマリーアに対しベリンダは呆れたり怒ったりすることなく、根気よく励まし教えてくれた。

今では仕事にも慣れ、客のあしらいはあまり上手くないものの、失敗は滅多にしなくなった。

ベリンダから借りていたお金は、働き始めて半年後に返した。

そして三か月前。

貯金ができてきたのもあり、今までは酒場の二階の一部屋を貸してもらっていたのだが、そこを出て酒場の近くの住宅街で一人暮らしを始めた。

一日働き、疲れてヘトヘトになり部屋に帰ってくる。

狭い寝台の上で、張った足を揉んで眠りに落ちる。

休みの日は、掃除をしたり服を繕ったりして――。

忙しない日々は、あっという間に過ぎていった。

あの頃――皇宮や辺境泊の屋敷で暮らしていた頃に比べ、特別今が幸せなわけではない。

朝起きるのが辛く嫌になるときもあったし、客に怒鳴られて落ち込む日もある。けれど働いてお金を稼ぎ、そのお金を自分のために使う。流されるように生きていたあの頃より、生きている実感があった。

コウル皇国からの追っ手を怖れていたけれど、この二年間、そのような気配は全くなかった。

もともと捨て駒だったのだ。多少、捜索はしたかもしれないが、すでに打ち切られているに違いない。

こちらに来てすぐ、マリーアは腰まであった長い髪をばっさりと肩の辺りで切り揃えた。

室内に籠もってばかりで青白かった肌も、日焼けをして健康的だ。

今のマリーアは皇女でも辺境伯夫人でもなかった。

島の女で、酒場の給仕であった。

あの頃の日々を遠く感じ始めていた。


「アンナ、ちょっといいかい？」

酒場の開店前。テーブルを布巾で拭き準備をしていると、厨房から顔を出したベリンダに呼ばれた。

アンナ——マリーアが使っている偽名は、かつて少しの間だけマリーアの侍女をしていた女性の名だ。

彼女の本来の仕事は軍に所属する兵士で、ゲルトの部下であった。

アンナに対しては複雑な思いがあるのだが、名前を訊かれた際つい名を騙《かた》ってしまった。

「何でしょう」

手を止めてベリンダの元へ向かう。

ベリンダは長身なので見上げる格好になった。

「あんたこの前、常連客の船乗りに連れ合いになってくれと言われたそうだね」

「え、ええ……」

三日前、仕事を終えて店を出ると、年若い漁師の男に呼び止められた。『ベリンダ』に通う常連客の一人で、顔見知りだった。その男に、マリーアは妻になって欲しいと乞われた。

マリーアは戸惑いながらも、きっぱりその場で断った。

「あんたのことが、諦めきれないらしい。間を取り持ってくれと頼まれたんだ」

男は残念がりつつも納得してくれたと思っていたのだが、諦めていなかったらしい。

「顔もそこそこいいし、若くて働き者だよ」

「……ええ」

「いきなり結婚は考えられなくても、二人で会っているうちにイイ感じになるかもしれないだろう？」

「…………ええ」

「……海の男は嫌なのかい？」

「そういうわけでは……」

歯切れの悪いマリーアに、ベリンダは大きく溜め息を吐いた。

「無理に付き合えって言ってるんじゃないよ。男だけじゃなくて、あんた他の子たちとも遊びに行ったりしないでしょ。もっと交友関係広げてもいいんじゃない？」

酒場にはマリーア以外に、三人の女性の給仕がいた。みなマリーアより長く働いているが、年齢は十代と若い。

彼女たちは地元民ではないマリーアにも、よく話しかけてくれた。最初の頃はぎこちない受け答えしかできなかったけれど、最近は身構えず話せるようになった。けれど遊びに誘われても、なんとなく『よそ者』が交じるのは居心地が悪い気がして断っている。

「人生諦めてるみたいに遠い目をしてることあるからさ、心配してんの。あんたはまだ若いんだからさ」

「……若いって、もう二十六歳ですよ」

「もう？　まだでしょ。今年で三十六になるアタシに喧嘩売ってるの？」

眉を吊り上げたベリンダに、マリーアは慌てて「ごめんなさい」と謝った。

「休みの日は、いろいろとすることがあって……今は、自分のことだけで精一杯というか……特に男の人との関係は、そういう気持ちになれなくて……」

妻になってくれと乞われたのは初めてだが、冗談交じりに恋人になって欲しいと言われたことは以前にもあった。海の男たちは陽気な人が多い。彼らがどこまで本気なのかわからないけれど。

皇女のときは異性と知り合う機会も少なく、ゲルトへの淡い恋心を胸に忍ばせているだけだった。

辺境伯夫人の頃も同様で、夫は同性である愛人と睦み合っていたが、外出するのを禁じられていたマリーアは誰かと恋仲になるどころか出会う機会すらなかった。

そのせいか、好意を向けられても戸惑うばかりだ。

自由が欲しくて逃げ出してきたのだ。誰の目も憚《はばか》ることなく気楽に恋を始めてみようと考えたりもするのだが、いざしようとすると尻込みしてしまう。

――ゲルトへの未練など、もうないはずなのに……。

「恋はさ、しようと思ってするもんでもないからねえ。自分の意思とは関係なく勝手に始まるものだもの。……ま、他人頼りの男もどうかと思うから、自分でなんとかしなって活入れとくよ」

「……活を入れられて、積極的になられても困りますけど……」

「男のあしらい方の勉強にもなるだろう？」

ベリンダは口角の片側だけ上げ、からかうような笑みを浮かべて言った。

開店してすぐ、見慣れない格好をした数人の男たちが来客した。

男たちは白い襟章のついた黒色の軍服を着ていた。

「見違えたな」

体格のよい集団の中でも一際目立つ厳めしい顔つきの男が、マリーアを見るなり言った。

じっと男を見上げているうちに思い出す。

無精髭がなく、軍服を着ているので印象が違うが、マリーアをカンデール行きの船に乗せてくれた男であった。

ベリンダを紹介してくれたのも彼だ。マリーアは頭を下げる。

「あのときは、ありがとうございました」

「対価をもらっているんだ。礼はいらない。しかし元気そうでよかった。紹介はしたがベリンダは人使いが荒いからな。もう逃げ出しちまってるかと思っていた」

「ベリンダさんにはよくしてもらっています」

マリーアは白い襟章に、カンデール連邦国の国章と階級を示す三本の線、そして所属を表す菱形の印があるのに気づく。

「あなたは……海軍の方だったのですか？」

マリーアの問いかけに、男はニヤリと笑んだ。

カンデール連邦国は六つの島国で形成されていた。

過去には島同士で諍《いさか》いもあったというが、今はそれぞれの島の代表が連盟を結び、互いに干渉し合いながら統治していた。

しかし争いはなくなったものの、島による貧富の差は埋まっていない。

マリーアのいるロバル島は比較的裕福で治安もよかったが、犯罪が頻発している島もあった。中でもカンデール連邦国がもっとも問題視しているのが海賊の存在である。

往来している荷船や漁船を襲い、財貨を奪う海賊。それを取り締まるために、軍隊が組織された。兵士が大々的に集められ、今や海軍は他の軍より大所帯になっているという。

その大勢いる海軍兵士の中でも彼の階級は高い。

荷船の船長ではなかったのか。海軍の将校が密航の手助けをしたのか。いったい何者なのか。

マリーアが訝しげな眼差しを向けると、男は肩を竦めた。

「本業はこっち。あれは副業。あんたを船に乗せたのは慈善活動の一環……ってところかな」

「じぜんかつどう」

「あんた、雰囲気からしてよいところのお嬢さん……淑女って感じなのに、雨に濡れていたせいか、化粧も髪もぐちゃぐちゃに乱れていたし、外套の下、喪服だっただろ？　よっぽど込み入った事情でもあるのかなと思ったんだ。それに今にも自害しそうな悲愴感もあったし。人助けだ」

「……慈善活動なのに、対価を求めるのですね」

嫌味ではなく素朴な疑問をぶつけると、男は肩で笑った。

「それとこれとは別の話だ、お嬢さん。あれは船賃。あんたの密航を見逃したのが慈善活動さ」

釈然としない部分もあったが、彼のおかげで充実した毎日を送れているのには変わりがなかった。

「そういや、名乗っていなかったな。俺はフラビオだ。お嬢さん、名前は？」

「お嬢さんと呼ばれるような年齢ではありませんよ。私はアンナです」

「アンナちゃんね。しばらくロバル島に滞在することになったんだ。ここにも頻繁に顔を出すと思うから。よろしく」

ごつごつとした大きな手を差し出され、マリーアはその手を握る。

手を離したとき、店の扉が開いた。

「お、早かったな。終わったのか？」

入り口を塞いでいたフラビオが振り返り、気安く声をかける。

「指示のとおりに」

抑揚のない低い声がした。会話からしてフラビオの部下なのだろう。

「お前も呑んでいけよ。今日は俺の奢《おご》りだ」

「いや……おれは」

フラビオは振り返り、背後にいる男性を前に押し出すように肩を抱いた。

マリーアは「いらっしゃいませ」といつものように挨拶をしようと口を開き、息を呑んだ。

フラビオの背後にいたのは、彼と同じ黒の軍服姿のすらりと背の高い男性だった。

年の頃は二十代半ばだろうか。やけに美しい整った顔立ちをしていた。髪は黒色で、瞳の色は瑠璃――。

目を瞠《みは》り彼を見上げていると、瑠璃色の双眸がゆっくりとマリーアを映した。

瑠璃色の双眸を彩る睫《まつげ》が、僅かに震えたように見えた。

「どうした？　ああ……お前も罪作りな男だな」

フラビオはマリーアが彼に見蕩《みと》れていると思ったのだろう。

ニヤニヤと笑みを浮かべている。

「ちょっとフラビオ。入り口塞がないで。さっさと座りなさいよ」

カウンターで他の客の相手をしていたベリンダの声が響く。マリーアはハッと我に返った。

「……こちらに、どうぞ……」

慌ててフラビオたちを空いている席へ案内する。

いつものように注文を聞き、厨房へ伝えに行った。

その間も、ドクドクと心臓が早鐘を打ち続けていた――。


ガシャン、と指から滑り落ちたワイングラスが音を立てて割れた。

「アンナ、大丈夫？」

給仕の一人が声をかけてくる。

「大丈夫。ごめんなさい」

ワインもガラスも盛大に飛び散っている。昼時を過ぎたので客が少なくて助かった。お客にかかっていたら大変なことになっていた。

マリーアが慌てて座り込みガラスを集めようとすると、止める声が上がる。

「危ないって」

箒《ほうき》を持って来た別の給仕が、手際よくガラスを集めてくれた。

「ごめんなさい……ありがとう」

「今日、どうしたの？　なんかおかしいよ。体調でも悪いの？」

グラスを割っただけでなく、今日は注文の聞き間違いもしてしまっていた。

「本当。顔色が悪いわね。もう今日はいいから。早く帰りなさい」

ベリンダが険しい顔をしてこちらを見て言う。

「でも……」

「でもじゃない！」

体調が悪いわけではないのだ。そう説明しようとしたが、一喝されてしまう。

心ここにあらずのまま働いても、また失敗をして迷惑をかけてしまいそうな気がしたので、マリーアは厚意に甘え、日が暮れる前に酒場をあとにした。

住宅街にあるマリーアの部屋は、一人用の寝台にテーブルと一脚の椅子。壁際に棚があった。水回りの設備は最低限で浴室などはない。酒場にある浴室を借りるか、盥《たらい》に水を汲み運んで、身体を拭いていた。

壁は薄く、隣に住む若夫婦の声が度々聞こえる。

窓は立て付けが悪いのか隙間風が入り、虫も部屋に侵入してきたしネズミと目が合ったこともあった。

皇宮の自室や辺境領の屋敷の自室を思うと、狭くて寒々しい部屋だった。

自分で用意しないと空腹なまま。洗濯をしないと衣服は汚れたままだし、掃除をしないと埃が溜まる。

お湯が貴重だと、こちらで暮らすようになって知った。

不便さを感じるたび、皇族に生まれた自分がどれだけ恵まれた生活を送っていたのか思い知る。

不便さを感じるたび、今まで付いていてくれた侍女に感謝の念を抱いた。そしてそれと同時に……自由である喜びも感じていた。

部屋に戻ってきたマリーアは寝台に腰掛け、ここに住み始めてからのこと、酒場で働き始めてからのことを振り返った。

記憶を巡らせ、辺境伯夫人であった頃の日々も回想する。

そしてあの日のことを――。ほんの短い間……ラトバーンで過ごした僅かなときのことを思い出した。

――……似ていた……。

雰囲気は全く違った。

優しげで穏やかそうな彼とは違い、今日酒場で会った青年は、冷たく暗い印象を受けた。けれど美しく整った顔立ちは、記憶の中の彼とうり二つだった。

――でも……髪の色は黒かった……。

彼は白銀の髪をしていた。しかし……目の色は同じ、鮮やかな瑠璃色をしていた。

マリーアは海軍の将校フラビオの部下であろう、遅れて酒場に来た男性の姿を脳裏に浮かべた。そして八年前、一日だけ夫であった人の姿を思い浮かべ、重ね合わせる。

髪の色と印象は違ったが、フラビオの部下はラトバーン王国の王太子ルカーシュに面立ちが似ていたのだ。

別人だとは思う。

滅多にいないだろう整った美しい顔立ちだったけれど、他人のそら似だ。あれから八年も経っているから記憶も薄らだし、似ているような気がしただけだ。

そもそもルカーシュは八年前に亡くなっている。彼なわけがない。

――確か……彼には災害に巻き込まれ、亡くなった弟がいたはず……。

遺体が見つかっていなかったのかもしれない。

もしかしたら本当は生きていて、王宮に帰らなかったのは、記憶を失っているからで――。

想像を巡らすが、ルカーシュの弟は彼より十歳年下だったのを思い出す。だとしたらまだ十六歳。今日会った男性は十代には見えなかった。

――少し似ているだけの他人に違いない……。

そう思う。それ以外の答えなどない。

けれどマリーアと目が合ったとき、彼も睫を揺らし、僅かだけれど驚いた顔をしたのだ――。


フラビオたちの乗っている海軍所属の船は点検と整備のため、しばらくの間ロバル島の港に碇泊するという。

海軍の兵士たちは港近くの宿を借りていた。食事は『ベリンダ』を利用する者が多く、軍服を着た男たちの出入りが多くなった。

特にフラビオは一日に一度は必ず顔を出し、カウンター席で美味しそうに酒を呷《あお》っていた。

「あんたね、毎日毎日、むさ苦しい顔見せなくていいのよ」

「儲けさせてやってるってのに。もっと歓迎してくれてもいいだろ」

「そういう恩着せがましい言葉は、もっと高い酒を注文してから言いな」

ベリンダがフラビオと軽口を言い合っている。

「気になる？　あの人、ベリンダさんの元恋人らしいよ」

手を止め、ぼんやりとそちらを見ていたマリーアに、エマという名の若い給仕がこっそり耳打ちしてきた。

マリーアはベリンダたちではなく、フラビオの隣に座る黒髪の男性を見ていたのだが、何食わぬ顔で話を合わせた。

「言われてみれば……そんな感じね」

気安い関係だからこその言葉の応酬だ。

フラビオも厳めしい顔つきをしているが、男前である。華やかな美女であるベリンダとお似合いだった。

「なんで別れたんだろうね」

「そこ！　お喋りしない！　詮索もしない！」

小声で会話していたのだが、ベリンダに聞こえてしまったらしい。

「ごめんなさぁ～い」

エマはぺろりと舌を出し、肩を竦め謝る。

茶目っ気のある表情に微笑ましさを感じながら、マリーアが頭を下げようとしたとき、ふと彼がこちらに視線を向けたのに気づく。

冷たく一瞥《いちべつ》する瑠璃色の瞳。その眼差しは冷ややかにマリーアを映し、何の感情も浮かべないまま離れていく。

あれからフラビオと一緒に、彼もほぼ毎日、酒場を訪れるようになった。

フラビオは彼のことを『フィル』と呼んでいた。

フィルは言葉数が少ない。フラビオの言葉にも、いつも淡々と返事をしている。

見かけがすこぶる良いのもあって、若い給仕たちもよく話しかけているのだが、フィルは表情を変えず短く返答し、彼女たちをあしらっていた。

マリーアも注文を取るとき、フィルに話しかけた。フィルは無表情で料理名だけを口にした。

記憶の中の声と重ね合わせたが、ルカーシュの声はもっと柔らかかった気もした。

探るように彼を見ると、彼もマリーアを見ていたのか、目が合うことが度々あった。すぐに逸らされたが、何度か目が合ううちに『もしかしたら』という思いは強くなっていった。

給仕の仕事は、早番と遅番の交代勤務だ。

その日、早番だったマリーアは夕方に勤務を終え、浴室を借りて身体をさっぱりさせてから、酒場を出た。

「アンナ」

裏通りの道に入ったとき、背後から声がした。

振り返ると、見知った顔の男が立っていた。以前、連れ合いになってくれと言ってきた年若い漁師である。

彼はあれ以来、酒場に来なくなっていた。

マリーアと顔を合わせづらくなったからなのか、年若い男だから脈のなさそうなマリーアなど忘れて、別の女性に乗り替えたのか。

ベリンダが活を入れるなどと言っていたが、マリーア的には後者であったほうがありがたかった。

「ちょっといいかな？　話があるんだ」

男は口元に笑みを浮かべていた。

「話、ですか？」

「何か美味しいものを食べに行こう。奢るよ」

「……いえ、もう食べてきましたから」

浴室を借りる前に、賄《まかな》い料理を食べていたので、お腹はいっぱいだった。

「あのお話なら、ここで」

それに男性、自分に好意を向けてきた男性と二人きりになるのは避けたい。

「アンナは恋人がいないんだよな。なら、俺と付き合ってよ」

男はあっけらかんと言う。

「そのお話は……前にお断りしたはずです」

「あのときは連れ合いになってってって頼んだから断ったんだよね。まずは気楽にさ、恋人から始めよう」

「いえ……その、ごめんなさい」

「付き合ってる男いないんでしょ。ならいいじゃない？　お試しでさ」

「申し訳ないのですが……今は、そういう気持ちにはなれないので」

「じゃあ、そういう気持ちになるまで待つよ」

男はニコニコと笑みながら、しつこく言い寄ってくる。

ポツリと頬に雨粒が落ちた。

仰ぐと、夕暮れ空に分厚い雲がかかっている。

「雨が降ってきましたし、お話はまた今度に」

上手く断る方法がわからない。

とりあえず今日のところは曖昧に誤魔化して、後日きちんと断ろう。そう思ったのだが、男はマリーアと距離を詰め、手を伸ばしてきた。

「このままだと濡れちゃうから、雨宿りしよう」

腕を取られる。強く引っ張られ、マリーアは転びそうになった。

男が支えるようにマリーアの腰を抱く。

「は、離してください」

「そこにさ。休憩宿があるから」

マリーアは身体を強ばらせた。

休憩宿は宿泊施設ではなく、その名のとおり休憩するための宿だ。主に男女の逢瀬に使われていた。

裏通りにはロバル島で一番有名な娼館があり、そこの隣に休憩宿があった。

待つよとマリーアに猶予を与えながらも強引な態度の男に、マリーアは嫌悪感を覚えた。

「行きません。離してください」

「雨に濡れると風邪ひいちゃうよ」

はっきりと拒否しているというのに、男がマリーアの腕を離す気配はない。

ちょうど人気はなかったが、大通りはすぐそこだ。叫べば誰かの耳に届くだろう。それに男が怯んだ隙に逃げ出せる可能性もある。

マリーアは大きく息を吸い、叫ぼうとしたのだが、男の手のひらに口を塞がれた。

「んっ……んんっ！」

「大丈夫。怖いことなんてしないから」

気持ち悪い。嫌だ。抱きしめてくる男の力強さも、口元に触れる男の皮膚の感触も気色が悪くて吐きそうだった。

「雨宿りだよ。雨宿り」

耳元で囁く男の荒れた息づかいに、ゾッとしたとき――。

「離せ」

雨音の中、男のものではない低い声が聞こえた。

「何だ、お前っ」

「彼女は俺の連れだ」

「クソッ……痛っ……」

マリーアを拘束していた手が離れる。逃げようともがいていたのもあり、マリーアは前に躓《つまず》くようにして、転んでしまった。

「チッ……男がいたのかよ！　言っておくが、意味深な視線で誘ってきたのはその女のほうだぞ！」

男は吐き捨てるように言い残し、バチャバチャと音を立てながら雨に濡れた道を走り去っていた。

マリーアは地面に足と手をついたまま仰いだ。

頬にポツポツと雨粒が降ってくる。

睫にも降ってきて、何度も瞬きしながら、マリーアは自身の前に立っている男を見上げた。

黒髪の男だ。空が曇っているのもあって瑠璃色の瞳は、嵐の海のような黒みがかった紺色に見えた。

無表情の男をじっと見つめていると、手のひらが差し出された。

手を伸ばし触れようとして、自身の手に泥がついているのに気づく。見るとスカートも雨と泥で汚れていた。

指を引こうとすると腕を取られた。そのまま引っ張り上げるようにして立たされる。

――どうして……。

どうしてここにいるのだろう。助けてくれたの？　どうして助けてくれたの。あなたは誰なの……。

次々頭に浮かんでくる疑問を口にすることが、どうしてもできない。マリーアは口を閉ざしたまま、彼を見つめ続けた。

彼――フィルの黒髪から滴が垂れる。雨脚はどんどん激しくなっていき、マリーアの髪や服を濡らしていく。

マリーアの腕を掴んでいる指に力が入る。フィルはマリーアの腕を引き、歩き始めた。

どこに向かっているのか、問いかけようとも思わなかった。

さっきの男に触れられたときは嫌悪感しか抱かなかったというのに、マリーアは抵抗せずフィルについていく。

ついて行けばわかる気がした。

――わかったところで、その先に、何があるというの？

問いかけてくる自身の声を、マリーアは無視する。

愚かな行為だという自覚はあった。

それでも確かめずにはいられなかった。彼が誰なのかを――。

◆◇◆

内装はマリーアの部屋とそう変わらない。ただ、家具は違った。棚やテーブルがない代わりに、広く頑丈そうな寝台がひとつだけある。

マリーアは休憩宿に入るのは初めてだったが、フィルは手慣れた様子だった。入り口にいた男に声をかけ、お金を払う。指定された場所まで腕を引かれ、部屋に入ってから掴まれていた腕を外された。

部屋を軽く見回したあと、フィルに視線を向ける。

表情のない端整な顔が近づいてきた。片頬にフィルの手のひらが触れる。彼の手もマリーアの頬も雨に濡れ冷たい。

すぐそこにある瞳に、マリーアの顔が映った。

唇が一瞬触れて、離れる。そしてまた触れて、きつく押し当てられた。

それは――かつて経験した口づけとは全く違った。

唇を吸われ、下唇に軽く歯を立てられた。驚いて唇が開くと、ぬめったものが入り込んでくる。

「んっ……」

それがフィルの舌だと気づいて、頬に熱が集まった。

驚いて引っ込めたマリーアの舌を舐め取ろうと、絡まるようにうねうねと動く。上顎を舌先で擽るようにされると、じんと頭の奥が痺れた。

唾液が顎から伝い落ち、膝がガクガクと震える。

マリーアは立っていられなくなって、震える指でフィルの肩を掴んだ。

――こんな口づけは知らない……。こんないやらしい口づけなど知らない……。

ルカーシュの口づけは優しかった。だから、目の前にいる彼はあの人ではない。

そう思うのだけれど……。

唾液の糸を引きながら、唇が離れた。マリーアは口づけで潤んだ瞳を開け、すぐ近くにある双眸を見つめる。その瞳の奥にはかつて一夜だけ見た、甘い熱情が宿っていた。

もっと瑠璃色の瞳が、その奥にある感情が見たい。マリーアはフィルの肩に縋りつき近づこうとした。するとフィルはピクリと柳眉《りゅうび》を動かし、マリーアを抱き上げた。

乱暴に寝台の上にマリーアを投げ下ろすと、間《ま》を置かずのしかかってくる。

男の指がマリーアのブラウスのボタンを毟り取るように外し、脱がせた。雨に濡れ肌に張り付いた肌着に手を入れられ、捲《まく》られる。

マリーアが性交したのは八年前の一度きりだ。けれどあのとき、マリーアはナイトドレスを脱いでいない。そのため異性に乳房を見られるのは初めてだった。

羞恥を感じる前に、フィルが胸元に顔を埋《うず》めた。

「あっ……」

ぬと、と乳房の中心、艶めかしい口づけと雨に濡れた冷たさで、つんと尖っていた乳首に、温かいものが這った。

先ほどまで口の中で蠢いていた彼の舌が、自分の乳首を舐めている。ぞくりとした悦びが体の中を駆け巡った。

もう片方の乳房は手のひらに包まれ、乳首を指でいじられた。

「あっ……んんっ……や」

ちゅくちゅくと乳首を吸われる。そこがじくんと疼き、甘やかな悦びが広がっていく。

子を作るための性交は、快楽を伴う――。マリーアがそれを知ったのは、ロバル島で働くようになってから。耳年増な若い給仕たちが、明け透けに男女の交合について話していたのを耳にしてからだった。

マリーアは会話には積極的に加わらず、相づちだけ打っていたが、内心ではとても驚いていた。

辺境領にいた頃、夫と愛人が睦み合う姿を何度か見た。愛人であった家令は、険しい顔で呻いていた。苦しげな表情からは、快楽を感じているようには見えなかったが、顔を赤らめていた夫は快楽を得ていたのかもしれない。

そして、一度だけした交合も思い出した。愛撫されたときは、擽ったいような心地よさがあった。あれはおそらく快楽と呼ばれるものだったのだろう。

漠然とそう思ってはいたのだけれど——今ははっきりと、これが快楽なのだと実感していた。

硬く尖った乳首を舐めしゃぶられると、もっとして欲しいような不思議な気持ちになる。

マリーアは男の濡れた髪を撫でる。するとフィルは、乳首に歯を軽く立てた。

「ひっ……」

このまま噛み千切られたらと怖くなる。けれど、彼にならば何をされてもよい気がした。

——どうかしているわ……。

フィルはルカーシュではないかもしれないのに。

——けれど彼だったとしても……それを知って、いったい私はどうしたらいいの……？

フィルが乳房に埋めていた顔を上げ、冷えた目でマリーアを見下ろす。

探るような視線を向けられ、彼の意図を察する。

おそらくフィルも……彼がルカーシュならば、マリーアと同じことを考えているのだ。皇女であるマリーアがこんな場所にいるはずはない。そう思いながら、八年前の面影を探している。

彼は目の前の人物がマリーアであると確信したら、いったいどうするのであろう。

今は感情の見えない冷たいだけの瞳だけれど、憎しみの色を宿すのであろうか。

フィルの手がマリーアの下半身へと伸びる。

冷たい手のひらがスカートの中に入り込み、下着をずらされた。

指が茂みをかき分けるようにして、割れ目に触れる。ぐちゅりと水音が鳴った。マリーアの陰部は胸への愛撫で、粗相をしたかのように濡れそぼっていた。

——すごい上手でね、気持ちよくなって濡れちゃったの。

給仕の一人が頬を紅潮させ、目を爛々《らんらん》と輝かせながら喋っていた言葉が脳裏をよぎった。

初めての交合のとき、陰部が濡れていた気がするけれど、あまりよくわからなかった。けれど今は、自分のそこがぐっしょりと濡れているのがわかる。

そんな反応を見せたマリーアを不快に思ったのだろうか。男は苦々しげに眉を寄せた。

彼の表情にずきりと胸が痛むが、男の身体を押しのけることも拒むこともできない。マリーアは傷ついた顔を見られたくなくて、自身の顔を両方の手のひらで隠した。

だというのに——。

「……っ」

両腕を掴まれ、隠した顔を露わにさせられる。

「……嫌ならば、やめる」

低い声で男は言った。

冷淡な声だった。眼差しも暗く、記憶の中にいるルカーシュのような穏やかさはない。けれどその姿に、夫であった人の姿が重なる。

何かを言おうと思うけれど言葉が見つからない。悲しいのか嬉しいのかすら、わからない。ぐちゃぐちゃな想いのまま、マリーアは首を振った。

「……ん」

僅かに開いていた唇を塞がれる。

荒々しい口づけに翻弄《ほんろう》されていると、男の指が秘部をいじり始める。割れ目を上下に擦られると、ぞくぞくとした悦びが駆け巡った。

溢れ出ている感覚がするところを、彼の指腹がなぞる。入り口を掻き出すようにされると、くちくちと淫靡《いんび》な水音が立つ。

「あ、やっ」

指がゆっくりと入ってくる。

以前に一度だけ交合したきりのそこは異物を怖れ、男の指を吐き出そうとぎゅっと窄《すぼ》まる。

「あうっ……」

フィルが割れ目の上にある部分をぐりっと押さえた。そこに触れられると、今までとは違う鮮烈な悦びが生まれた。

フィルの指が入っている部分がひくつき、とろとろとしたものが溢れ出してくる。

「あっ……あっ、ん……」

指が奥まで入ってきて、ゆっくりと出て行く。その間も快楽の源を指で小刻みに揺すられ、とくとくと秘部が息づくように蠢いた。

八年前は知ることのなかった悦楽に、マリーアが身を震わせていると、ぐずぐずになったそこから指が抜き取られ、足を大きく開かされた。

ガチャガチャとベルトを外す音がして、そこに硬く丸みを帯びたものが宛がわれた。

初めての交合時の激しい痛みと圧迫感を思い出し、マリーアは目を閉じて、その瞬間を待った。

ぐうっと内部に硬いものが入り込んでくる。

「ん……アアッ……」

一気に最奥まで貫かれ、マリーアは頤《おとがい》を上げる。

フィルはマリーアの腰を掴み、揺さぶり始めた。

身体の中を硬いものが行ったり来たりしている。以前の裂けるような痛みはないものの、圧迫感と苦しさがある。

「あっ、あっ、んん」

彼が動くたび、弾んだ声が漏れる。

外はまだ雨が降っているのか、雨音が聞こえていた。肌が肌を打つ音と密かな水音。そして互いの荒い息が、雨音と交じる。

苦しいのに――何度も何度も身体の中を擦られているうちに、そこが気持ちよくなってくる。

マリーアはシーツを掴み、初めての感覚に太股を震わせた。

「あっ」

「……くっ」

激しい抽挿のあと、呻き声が聞こえて、ぬぷっと硬いものが抜き取られた。

寂しさのような感覚を覚え、マリーアは目を開ける。

苦しげに顔を歪めたフィルの姿が映り、腹の辺りにぴしゃりと熱いものがかかった。

男が胸元から出したハンカチーフでそれを拭うのを、マリーアはぼんやりと見つめていた。

しばらくして、フィルは寝台から下りた。乱れた衣服を整える男を見て、マリーアも重い身体を起こす。

寝台に座り、床に落ちていた衣服を拾った。

雨でびしょびしょに濡れたままだが、替えはない。マリーアは濡れた服を着る。

乱れた髪を手ぐしで直しながらふと見ると、彼がじっとマリーアを見下ろしていた。

着替えているのを見られていたのかと思うといたたまれなく、恥ずかしくなる。俯くと、膝の上にバサリと黒色のものが置かれた。

フィルの着ていた軍服の上着だ。

「……あの……これ」

「濡れているが、その格好でいるよりはマシだろう」

マリーアの薄手の服は、濡れているせいでぴったりと肌に張り付き、身体の線が露わになっていた。

ありがたかったが、上着を脱いだ彼がシャツ一枚になってしまう。

「でも……」

躊躇っていると、男は上着を取り、マリーアの肩にかけた。

「ありがとう……ございます……」

マリーアが辿々しく礼を口にすると、男はマリーアから視線を逸らした。

内股に違和感はあるものの、歩けないほどではない。マリーアはゆっくりとした足取りで、彼とともに休憩宿を出た。

雨は止んでいたが、辺りはもう真っ暗だった。

「送る」

「すぐ、そこなので……」

断るけれど、フィルは黙ったままマリーアを見下ろし、動こうとしない。

いつまでも佇《たたず》んでいても仕方がない。マリーアが歩き始めると、彼が一歩あとからついてくる。

「ここ、です」

マリーアは結局、自身の部屋がある住宅地の建物の前までフィルに送ってもらった。

彼は目を眇《すが》めて、古ぼけた建物を一瞥した。

「ありがとうございます」

黙って立ち去ろうとする男に、マリーアは声をかけた。フィルは一瞬動きを止めたものの、こちらを見ることなく歩き始める。

姿が見えなくなってから、マリーアは上着を借りたままでいたことに気づいた。

# 四章　喪失

「フィル。……お前、上着をどうした？」

宿の入り口で、フラビオと出くわした。

『ベリンダ』に寄って来たのだろう。厳めしい顔が赤くなっている。

「……途中で雨が降ったから脱いで、忘れた」

抑揚のない声で上着を着ていない理由を言うと、フラビオは近づいてきてニヤリと笑った。

「雨が降って脱いで忘れるって、どんな状況だよ。……さては女だな？」

酒臭い男の胸を、肘で押しのけた。

「せっかくモテる容姿してるんだ。遊べよもっと。それとも忘れられない女でもいるのか？」

「……いない」

「つまんない男だなぁ～」

がしりと肩に手を回された。

アルコールが入っているせいか、いつも以上に鬱陶しくしつこい。

「あんたこそ。せっかく忘れられない女の近くにいるんだ。もっと真剣に口説いたらどうだ？」

フラビオが酒場の女主人であるベリンダに惚れているのは、すぐにわかった。

粗雑に扱ってはいたが、ベリンダのほうもまんざらでもないように見えた。

かつては恋人同士だったとみなが話しているのも耳にしたが、二人の間に何があったのかまでは知らない。

煽《あお》るようなことを言われたので適当に返したのだが、痛いところを突いたらしい。

「……いろいろと深い、大人の事情があるんだよ」

フラビオは声を詰まらせたあと、珍しく弱気な口調で言った。

彼の個人的な事情に深入りするつもりはない。

「雨に濡れて、疲れてるんだ。あんたに構っていられない」

粗雑に言って、肩に回った男の腕をがしりと掴んで振り払う。

「はいはい。風邪ひかないように、早く寝ろよ」

フラビオはからかうように言って、わしゃわしゃとフィル——ルカーシュの頭を撫でた。

海軍の兵士たちが借りている宿は先ほど利用した休憩宿よりは、外観も内装も新しかったが、それほど変わりがない。しかし彼女の住まいだという建物は、休憩宿よりも粗末だった。少なくとも外観を見る限りは。

壁は色あせているうえに、所々コケがこびりついていた。亀裂も入り、老朽化が進んでいた。

——どうして、あんなところに。

不愉快と不可解が入り交じった気持ちになる。

ルカーシュは四人部屋を使っていた。将校たちは一人部屋だったが、ルカーシュのような下っ端の兵は共同で寝起きしている。

二段になった寝台が部屋の奥に二つあり、ルカーシュは右側の下の寝台に腰を下ろした。

四人のうち一人はまだ帰っていない。残り二人はすでに寝入っていて、鼾《いびき》が聞こえた。

——抱かなければよかった……。

孕んでいた熱を晴らすと、後悔と虚しさが襲ってきた。

確かめたかった。知りたかった。けれど確かめ知ったところで、何になるというのだろう。

彼女の事情はわからないが、知ったところで何の意味もない。もう自分とは無関係な女性なのだ。事実など知らないまま、彼女が彼女であるかどうかなどあやふやにしたままでいるべきだった。

——過去の自分はもう死んでいるというのに。

ルカーシュは寝台に横になり、目を閉じる。

失ったものは決して戻りはしない……戒めのように、そう思った。

◆　◇　◆

――八年前。

「コウル皇国の皇女との婚姻が決まった」

機嫌の良い父を見るのはずいぶんと久しぶりだった。

声を弾ませにこやかにしている父を前に、ルカーシュは戸惑った。

「コウル皇国が了承したのですか？」

父がかの国と同盟を結びたがっているのは知っていた。

しかし飛ぶ鳥を落とす勢いのコウル皇国が、年々衰退の一途を辿るラトバーン王国に皇女を嫁がせてまで同盟を結ぶ理由はない。無謀な望みだとルカーシュは思っていた。

「そうだ。ようやくよい返事をもらえた」

「向こうの要求に、いったい何を差し出したのです」

機嫌を損ねたくはなかったが、ルカーシュは訊ねずにいられなかった。

「要求などない。対等な立場での交渉だ」

父はピクリと眉を動かし、言い切る。

――あり得ない。

不信感しか抱かなかった。十数年前ならともかく、今では国力の差がありすぎた。

そもそも父とは違い、ルカーシュは同盟を結ぶならばコウル皇国とではなく、他国と結ぶべきだと考えていた。

コウル皇国の現皇帝は好戦的な人物として有名だ。もちろん他国と同盟を結べば、侵攻の理由にされる可能性もあったが、抑止力にもなる。

「決まったことだ。議会からの賛成も得た。十日後には皇女が来るのだ」

「……はい、陛下」

納得はいかなくとも、すでにコウル皇国との間で取り決めが成されたのなら、拒否はできない。受け入れるしかなかった。


「ルカーシュ殿下」

謁見室を出たところでファルマン公爵に声をかけられた。

ファルマンは亡き母の兄で、ラトバーンの宰相である。

「陛下から聞かれましたか」

「ええ……あなたは、どう思われますか？」

議会は賛成したというが、父が独断で決めたのだろう。父が臣下の意見に耳を傾けなくなってずいぶん経つ。そう思ったのだが——。

「よいことだと思います」

宰相は意外にも父の意見に賛成らしい。

「先の増税と厳罰で民は不満を抱き、先行きの見えない国政に不安を抱いています。民は明るい話題を欲しがっています」

「……そうですね」

コウル皇国の属国になるのではないかと、民の不安が増しそうな気もする。しかし父を諫《いさ》められなかった自身を責められている気になり、ルカーシュは苦い気持ちで同意した。

「コウル皇国の姫と結婚するのはお嫌ですか？」

表情を曇らせるルカーシュに、宰相は案ずるような視線を向けてくる。

「そうではありません。陛下と議会の決定ならば従います」

不信感はあるが、結婚そのものが嫌なわけではない。

今年で十八歳になる。ラトバーンの法では十六歳から結婚が許されていた。ルカーシュの立場からすれば子を残すには、遅いくらいだった。

「……そう案じなさるな」

宰相は伯父《おじ》の顔つきになり、ルカーシュの肩に手を置いた。

ルカーシュは王城の裏、庭を抜けた先にある墓地を訪れた。

墓地には王族たちの墓が並んでいる。

一番奥に比較的新しい墓石があった。

母と弟の墓だ。しかし、ここには誰も埋葬されていない。

先の災害の犠牲となった母と弟の亡骸《なきがら》は、半年もの月日をかけ捜索したが見つからなかった。

弔《とむら》われぬまま冷たい土の中にいるだろう二人のことを思うと、胸が痛い。しかし……あの災害で亡くなったのは母と弟だけではなかった。多くの民が家族や友人を失い、多くの者たちが亡骸も見つからぬまま、死者を悼んだ。

だというのに——母と弟は金と時間と多くの労力をかけ、捜索がされた。捜索する兵たちの中には、家族を失いその亡骸と対面できずじまいの者も少なくなかったというのに。

父の気持ちはわかる。ルカーシュとて母と弟を探し出し、きちんと埋葬してやりたかった。しかし苦しんでいるのは自分たちだけではないのだ。民の気持ちも汲まねばならない。何度も父を諫めたが、父は聞く耳を持たなかった。

——歯車が狂い始めたのはいつからだったのか。

最初はおそらく、臣下が進めていた治水工事の計画を父が止めたことだ。急ぐことはあるまい、と。今は軍備の補強が第一だと言い、父の命により中止になった。

しかし二か月後。大雨で川が決壊して、多くの民が犠牲になった。慰問へ行っていた母と弟も巻き込まれた。

臣下や民は治水工事を中断した父を責め、父自身も己を責めた。

そして責めた結果、災害で困窮している民にさらなる税を課し、治水工事を過剰なまでに推し進めるようになった。税を払えぬ者は厳しく取り締まられ、民のために父に意見する者までもが厳罰の対象となった。

ルカーシュは父を尊敬していたが、流石に父の政策に正しさを見出せなかった。臣下とともにルカーシュは父に意見したのだが、父の態度は頑なになり、より独善的になった。かといって意見を聞き入れてもらうために父に寄り添おうとすると、ルカーシュの同意を得たから自分は正しいと、それまで以上に臣下の苦言を無視するようになった。

この二年間、何とかせねばならないと必死で動いたが、動けば動くほどから回ってばかりであった。

己の無力さを噛みしめるだけであった。

——皇女との結婚で、上手くいくのならば……。

コウル皇国は同盟国としてラトバーンを支援してくれるという。明らかにコウル皇国側には、何の利益もない婚姻だ。

のちに重い対価を払うことになるのかもしれないが、今現在困窮している民を救うために、支援は喉から手が出るほど欲しかった。

それにこの同盟と婚姻をきっかけに父の態度も軟化し、臣下たちとの関係も修復できるかもしれない。

空を見上げると厚く濁った雲の合間に、晴れ間が覗いていた。

ルカーシュにとって皇女との婚姻は、混迷する国に差し込む一筋の光だった。


マリーア・リードレ。

リードレ皇家の第一皇女は亜麻色の長い髪に、深い緑色の瞳。華奢な鼻梁に薄い唇。華やかな美貌や可愛らしさはないものの、楚々とした美しい女性であった。

だが、大国の姫とは思えぬほど覇気がなかった。

コウル皇国の皇帝は、現皇妃との間にできた子を溺愛していると耳にしたことがあった。前皇妃の娘である彼女は、複雑な立場にあったのかもしれない。

——だから格下の国に差し出されたのか。

皇女とは思えぬほど気弱げなマリーアに、ルカーシュは同情した。

自分との婚姻はマリーアにとって意に添わぬものだったのだろう。

恋をしたことがあるか？　と問うと、あからさまに切なげな顔をした。

その反応から、マリーアには婚約者か恋人か、好いた相手がいたのだとルカーシュは察した。

凶暴な獣に差し出された獲物のごとく怯え、双眸を曇らせている彼女に申し訳ないと思った。しかしラトバーンの王太子として、マリーアを自由にしてやるわけにはいかなかった。嫌がる女性を強引に抱きたくはない。ルカーシュはマリーアが心の整理をつけるまで待つつもりでいた。しかしマリーアは皇女としての務めを果たしたがった。

誘われるように寝台に行ったものの、ルカーシュも同衾《どうきん》するのは初めての体験だ。ひと通りの知識はあるが、緊張はする。そんなルカーシュの前で、マリーアは四つん這いになった。

コウル皇国では後背位で交わるのが普通なのかと驚いたのだが、マリーアは犬の交尾を見て、人も同じ格好でするのだと思い込んでいただけだった。

――……どうして、笑っていらっしゃるのですか？

目を丸くさせ問いかけてきたマリーアは、己の誤解を知り恥ずかしそうに頬を赤らめた。その様子が愛らしくてさらに笑ってしまうと、マリーアは苛立ったような表情を浮かべた。申し訳ないと思ったが先ほどまでの気弱な姿とは違う、年相応な自然な態度を見せてくれたことにルカーシュは安堵した。

そして初夜を終えた翌日。

――……ルカーシュ様。私も……ラトバーンの王太子妃、そしてあなたの善き妻になれるよう、努力いたします。

少しだけ目を伏せながらも、しっかりと決意を込めた言葉を、マリーアはルカーシュにくれた。

大切にしようと思った。

マリーアの決意を、覚悟を持って受け止めようと思った。

異国の地で暮らしていくマリーアが孤独にならぬよう、最善の注意を払わねばならないと己を戒めた。

真面目で純心な彼女ならば善き王太子妃、そして王妃になってくれるであろうと感じた。気弱なところは自分が支えればよいだけだ。

幼い頃から玉座を継ぐ者として、恋や愛などとは無縁の場所にいたけれど……きっとマリーアとならば上手くやっていけるに違いないと、穏やかな愛情のある関係を築けるだろうとルカーシュは期待していた。

しかし——。

その日、王太子の執務室にいたルカーシュは、突然乱入してきた兵士たちに捕らえられた。

兵士の中には幼い頃からの学友として信頼していた臣下もいた。苦虫を噛み潰したような顔で「申し訳ございません、殿下」と言われ、ルカーシュは何が起こったのか悟った。

彼の剣はルカーシュを守ろうとした者たちの血で濡れていた。彼らにただ、申し訳なかった。抵抗は一際せずその血を見つめていると、気絶をさせられた。

そして目を覚ましたときには、全てが終わり、ルカーシュはファルマン公爵家の別邸の寝台の上にいた。

最初からマリーアとの婚姻は策略だった。宰相は……いや臣下たちは王と王太子を欺《あざむ》き、コウル皇国と手を結んでいたのだ。

目を覚ましたルカーシュに、宰相であり伯父でもあるファルマン公爵は、経緯を説明した。

「父は――」

「民たちの手により、お亡くなりになられた。殿下……いや、ルカーシュ。お前もすでに死んだことになっている」

気絶させられたあと城門は爆破され、王城には火が放たれたという。大半の使用人や兵士は逃げたというが、犠牲になった者もいると聞く。

そんな中、宰相はルカーシュと背格好の似た遺体を用意して焼き、身代わりにしたらしい。

「当面の生活に困らない金を用意した。明日、カンデールへ向かう船が出る。それに乗り、国を出るのだ」

「……僕に……国と民を捨てろというのですか」

「お前が捨てるのではない。民がお前を……ラトバーン王家を捨てたのだ」

宰相の言うとおりだった。

民は父、そしてルカーシュを必要としていない。

大陸史の中で何度も繰り返されてきた、悪政で信頼を失った王家の末路だ。

「僕を逃がしてよろしいのですか？　父を殺され、国を追われたのです。その復讐をするかもしれませんよ」

ルカーシュは自嘲の笑みを浮かべながら言う。

「私はお前のことをよく知っている。……ラトバーン王国は名を変え、コウル皇国の庇護の元、生まれ変わるだろう。勝てないとわかっている賭けにお前は挑んだりしないよ。それに何より……戦を起こせば多くの民が犠牲になる。お前がその道を選ぶことは決してない」

宰相はルカーシュの性格をよく知っていた。

断言され、ルカーシュは言い返すことができず俯いた。

「……ルカーシュ。私たちはコウル皇国の手を借り、民を煽り、王を弑逆《しぎゃく》した。しかし、どちらにしろラトバーンに未来はなかったのだ」

「民の王家への失望や恨みが深かったのは知っています。けれど……」

治水工事は竣工《しゅんこう》間近だった。それさえ終われば、問題のいくつかは解決したはずだ。

「そうではない」

宰相は真剣な顔をして首を振った。

「コウル皇国は遅かれ早かれラトバーンに侵攻していた。コウル皇国は周辺国に軍事力を見せつけるため、攻め入る国を探していたのだ。あの災害から軍事補強を取りやめ、治水工事に力を入れ始めた我が国は彼らにとって、攻め滅ぼしやすい国だった」

しかしコウル皇国は、手間をかけずとも、簡単にラトバーンの実権を掌握《しょうあく》できる方法を提案され、当初の予定を変更した。

それ以外にラトバーンを守る方法はなかったのか。

ルカーシュは宰相に問いただしたくなるが、すぐに己の愚かさに気づく。

――そもそも臣下も民も、ラトバーン王家を見限っていたというのに。今更だ……。

価値のない王家を守ってまで、新たな手段を模索する必要はない。王家を捨てるほうが、より犠牲が少なく、確実で簡単だっただけだ。

「……どうして僕を助けたのです……」

罪は父だけでなく、自分にもある。

父を諫めることもできず、多くの民を困窮させた。その間に死んだ者も多くいた。

父が民たちの手により命を落としたように、ルカーシュもまた民の手により裁かれなければならない。

――それに……民に見捨てられ、国を失った自分に、何の価値があるというのだ。

「お前は……妹の残した子だ。お前だけは助けたかった」

「伯父上……あなたの情は僕にとっては残酷です」

命を救ってくれてありがたいとは思えなかった。

王太子としての責任を負い、矜持を守り、誇りを持ったまま死にたかった。

けれどもう、それは叶わない。

今生きていることを名乗り出れば、ルカーシュを匿《かくま》っていた伯父の罪を告発することになるのだ。

身内への情だけではない。伯父はこれからコウル皇国の監視の下、国を新たに作っていかなくてはならない。民のためにも、ルカーシュは伯父を守らねばならなかった。

ルカーシュは翌日、カンデール行きの船に乗った。

外套のフードを深く被り、船客に交じる。

旅人たちにとっては、王家が滅ぶのも醜聞のひとつなのであろう。面白おかしく、ラトバーン王家の不甲斐なさを語っていた。

「しかしコウル皇国も皇女と一緒に武器を持ち込むなど、物騒というかやり方が汚いというか」

「寝首をかくために嫁入りか。とんだ悪女だ」

彼らの会話で、ルカーシュは亜麻色の髪をした気弱な女性のことを思い出した。今まで彼女のことに気を回す余裕がなかったのだ。

——あれが演技だったらたいしたものだ。けれど……あの様子だと彼女はおそらく何も知らされていなかった……。

ルカーシュは待つと言ったのに、彼女は閨をともにすることを望んだ。ルカーシュを油断させるためだけに身体を許したとは考えにくかった。

国の事情に振り回されたマリーアが哀れだった。

――やはり……抱くべきじゃなかった。

一夜だけの夫に純潔を奪われたのだ。貴族、それも皇族ならば、次の婚姻に影響があるだろう。

知らなかったとしてもマリーアはコウル皇国の皇女だ。結果的にはルカーシュは騙されていたことになる。けれど、お人好しなのかもしれないが、マリーアには不幸になって欲しくなかった。

自分が幸せにできなかったぶん、誰かの手で幸せになって欲しかった。

マリーアはもともと誰か好いた相手がいたはずだ。その相手との恋が叶うことを願った。

海原は青く澄み渡っている。しかし青空の向こうには、暗澹《あんたん》たる雲が見えた。

まるでルカーシュのこれからを暗示しているようであった。

フィルという偽名を使い、こちらでは珍しい色合いの髪は黒く染めた。

水に濡れても色落ちしない染め粉は高価ではあったが、一度染めてしまえばしばらく持つ。

伸びるごとに染めるのは面倒で髪を全て剃っていた時期もあったが、顔立ちと髪型が似合っていなかったのか、悪目立ちしたのでやめた。

宰相が用立ててくれたお金はすぐに底をつきルカーシュは日銭を稼ぐため、漁港の運搬作業の職についた。

朝早くに起き夕方に帰宅し、疲れた身体を癒やす。そしてまた朝になり、働く。

最初の頃は王城での暮らしとは全く違う生活に戸惑っていたが、一年もすると肉体労働にも自活にも慣れた。

カンデールは島それぞれの特性もあるのだろうが、基本的によそ者に好意的だ。特に港街は異民族が行き交っていて、事情のある者も少なくないのか、妙な詮索もされない。

繰り返す日常は穏やかに、何事もなく過ぎ去っていく。

しかし……平穏な日常とはうらはらに、ルカーシュの心は荒《すさ》み、冷たく凍えていった。

ラトバーン王国はサダシア共和国と名を変えた。

コウル皇国に従属してはいるものの、ラトバーン王政時より民たちの暮らしはよくなっているという。

喜ばしいことだと思う。民が虐げられ困窮していたら、胸を痛め、何もできない無力な自分を呪っただろう。けれど、宰相や大臣たちが褒め称えられるのを聞くたびに、胸の奥に苛立ちのような感情が渦巻いていく。

ラトバーン王家が滅びたのは父の政策のせいであり、無能だった自身のせいだ。そのせいで多くの罪なき民が命を落としたことも、わかっている。わかってはいるが——。

サダシア共和国となってから、未曾有《みぞう》の大雨が降った。だが堤防が強化されていたため以前のような大災害にはならず、死者は出なかった。

ルカーシュにその話をした男は宰相……今は元首の立場にある伯父のおかげだと言っていた。ラトバーン王とは違い優秀な指導者だと、彼のおかげで民は犠牲にならずにすんだと、そう言っていた。

治水工事を進めたのは、父だというのに。

国のために民のために、懸命に善き王太子であろうとした十八年間。その日々が、ひどく虚しく滑稽に思えた。

己に責任を感じ恥じる気持ちと、自分が守ろうとしていたものに裏切られたような感情。後悔と憎しみ。ふたつの感情に心を苛《さいな》まれ、最後には自分には価値などないということに思い至る。

それだけが決して動くことのない、確かな事実だった。

三年ほど経った頃。

海賊の蛮行《ばんこう》が年々酷くなってきたこともあり、下級兵士の募集があった。給金がよく、身元の確認もない。その代わり、使い捨てのような危険な任務を命じられるという。

死に場所を求めていたルカーシュは、訓練を受けて海軍の下級兵士となった。

危ない任務を進んで引き受け、陽動作戦に加わり囮になったり、海賊の船に潜入したりもした。酷い拷問を受けたこともあったが――運がよかったのか悪かったのか、命を落とすことはなかった。

海軍将校であるフラビオの下についたのは、兵士になり三年目のことだった。

とある任務でルカーシュを見かけ、働きぶりを気に入ったらしい。

フラビオは慣れ慣れしいところがあるものの、大らかな性格をしていた。部下に公平なフラビオの船は、兵士同士の諍いが起こることもなく働きやすい。部下を捨て駒にする性分ではないため、危険な任務につけないのがルカーシュ的には難点であったが……。

何も変わらない。ただ時間を刻むだけの日々が過ぎ去っていき、そして――。

海兵は一年の半分ほどを、海の上で過ごす。

三か月ぶりに陸地に上がったルカーシュは、酒場でマリーアによく似た女性に出会った。

――最初は……よく似た別人だと思った……。

腰まであった亜麻色の髪は肩の辺りで切り揃えられ、町中にいる女性と同じような麻の服を着ていた。

白かった肌は日に焼け、どこか陰りのあった深い緑色の双眸は溌剌《はつらつ》とした明るさを湛えていた。

コウル皇国の第一皇女は、辺境伯に降嫁したと耳にしていた。

降嫁しても身分は辺境伯夫人という立場だ。島国の酒場で給仕などしているわけがない。別人だと思おうとしたのだが、彼女の視線は探るようにルカーシュを見つめてくる。酒場に通うたび、もしかしたらと疑惑を深くさせながらも、マリーアだという確信は持てぬままだった。

そんなとき、彼女が男に襲われている現場に遭遇した。

放っておけなくて助けたのだが——彼女は深い緑色の双眸で、ルカーシュの心を見透かすかのごとく、真摯に見つめてきた。見つめられているうちに、胸底にある昏いものがじわりと広がっていった。

——彼女が何者なのか、抱けばわかるのだろうか……。

知りたいという気持ちと同時に、八年前には抱かなかった欲求と憎しみ、鬱憤の混じり合った感情が湧き上がってくる。

妻として守るはずであった女性で、ルカーシュを欺いた裏切り者。

守ろうとしていたルカーシュの思いを裏切った——ラトバーンの民たちへの消化できない感情が、やつ当たりのように彼女に向かった。

途中で態度や反応から、マリーアだと確信し、渦巻く感情のまま彼女の身体を奪った。

そうして女の肌を久しぶりに味わい、終わったあとには虚しさだけが残った。

ルカーシュと同じで、フィルと名乗る男が自分の知る男だという確信が欲しかったのか。マリーアの気持ちはわからないが、彼女は抵抗せず従順にルカーシュを受け入れた。

八年前もマリーアは従順だった――しかしあのときとは違い、彼女を感情と性欲のはけ口にしてしまった後味の悪さがある。

悪人になりきることも、聖人のごとく振る舞うこともできない。

死に場所を探しているのに、自死はできない。

父王の政策に異議を申し立てながらも、臣下に責められる父を庇った。民を哀れみながらも、父を王の座から引き下ろす覚悟もなかった。

みなによい顔をし、自分が非難されることを怖れていた。全てが中途半端だった過去を顧み恥じているというのに、未だに性根は変わらない。そんな自身に心底嫌気が差した。

抱くべきではなかった。

彼女がマリーアだと知ったところで、何かが変わるわけではない。

そう思っているのに――。

軍服の上着を彼女に着せたままだと気づいていたのに、返すように言わなかったのは、彼女との接点を失いたくなかったからかもしれない。

失ったものは決して戻らない。

失った場所に帰れはしないというのに。

八年前、ラトバーン王家が滅ぼされていなかったら……王太子の座にいることができたならば、マリーアとどのような関係を築いていたのだろうと、そんな愚かな想像をしてしまう自身に、ルカーシュは呆れた。

五章　重なる

マリーアは雨に濡れた軍服の上着を丁寧に洗濯し、乾かした。

海兵たちが泊まっている宿に返しに行くべきか、酒場に訪れるのを待ったほうがいいのか。考えあぐねていると、あれから三日経った午後。フラビオと一緒にフィルが『ベリンダ』に姿を見せた。

替えがあったのか、借りたままになっている軍服と同じものを着ていたのでホッとする。ちょうど手が空いていたので、会ったら渡そうと袋に入れて持ち歩いていた軍服を、私物を置いている休憩所まで取りに行った。

フィルたちの食事がほぼ終わったのを見て、軍服の上着を彼に差し出した。

「これ……ありがとうございました」

「あれ、なんで、フィルの上着を持ってるんだ？」

マリーアが差し出した上着を、横からフラビオが素早く奪い取った。

「ああ、そういや、上着着ずに帰ってきた日があったたな。……雨が降って、脱いで忘れたって言ってたけど……はは一ん。そういうことか」

意味深な視線を向けられ、マリーアは首を振った。

「男の人に絡まれて、困っていたところを……そちらの……フィルさんに助けていただいたのです。そのとき、転んでしまって。泥だらけだったので、上着を貸してもらいました」

休憩宿での一件のことは省き、事情を説明する。

「人助けか。珍しいな」

意味深な視線のまま、フラビオは視線をフィルへと向ける。

からかうような言葉に、彼は瑠璃色の瞳を瞬かせたが、無表情のままだった。

「本当にありがとうございました」

マリーアが改めて礼を言い、頭を下げたときだ。

「男に絡まれたって？　どういうことだい？」

会話が聞こえていたのか、ベリンダがカツカツと足を踏み鳴らしながら近づいてきて、険しい顔で訊いてきた。

「そういうことは、ちゃんと報告して。うちの子を怖い目に遭わすヤツは、この界隈でうろちょろできないって思い知らせてやらなきゃ」

眉を吊り上げ、頼もしいことを言うベリンダだったけれど……そもそも、彼女が煽ったから襲ってきたような気がする。

「ベリンダさんが活を入れたからですよ……たぶん」

マリーアが恨めしげに言うと、ベリンダは「あ！」と大きな声をあげた。

「もしかして、あの若い漁師に絡まれたの？」

マリーアは頷く。

「それは、ごめん！　もっと強引に誘いなって、確かに言ったけど……まさかさ……ああっ、本当にすまない」

しょんぼりとした表情で頭を下げられ、マリーアは慌てた。

「大丈夫です。何もなかったから」

「当たり前だ！　何かあったら、大事だよ……。そっちの……フィルさん？　うちのアンナを助けてくれてありがとう。今日は奢りだよ」

彼の隣でフラビオが「やった」と声をあげるが、「誰があんたのぶんも奢りだと言った？」とベリンダが返す。

そのやり取りが何だか微笑ましくて、マリーアは顔を綻ばせた。

ふと視線を感じ、そちらを見るとフィルの瑠璃色の瞳と目が合った。

すぐに逸らされたけれど、マリーアは少しの間、フィルから目を離せずにいた。

それに気づいたのかはわからないけれど——。

「そうだ！　フィルさん。少しの間でいいから、この子、家まで送っていってよ。帰りだけ。遅くなる日だけでいいからさ」

「ちょ、ちょっと、ベリンダさん！」

「何かあったら困るでしょ。アタシのせいでもあるんだし」

ニヤリとベリンダは笑んだ。

おそらく、ベリンダはマリーアがフィルを見つめていたから、好意を抱いていると誤解したのだ。関係を取り持ってくれようとしているのをヒシヒシと感じるが、余計なお世話である。

「あれから姿も見ないし、大通りから帰っているから大丈夫です」

フィルを恋人だと信じ、捨て台詞を吐いて去って行った。あの様子からして、もう会いに来ることはないだろうと思っていたが、念のため人通りの多い道を使い帰宅していた。

「島民の安全を守るのも、兵士の役目でしょう？　何なら謝礼を払うわよ」

「午前中は訓練があるが、午後からは暇だしな。送ってやれよ」

ベリンダだけでなく、フラビオまで余計なことを言い出した。

「いえ、本当に大丈夫ですから！」

マリーアは声を張り上げた。

珍しいその態度に、ベリンダだけでなくフラビオもマリーアが怒っていると気づいたのだろう。微妙な空気が流れる。

「……わかった」

しばらくして、フィルがぽつりと言った。

マリーアは驚いてフィルを見るが、視線は逸らされたままだ。

「よかったわね！　アンナ」

声を弾ませたベリンダをマリーアはじとりと睨《にら》んだ。


早番だったので、夕方には仕事が終わる。

店を出た少し先。建物の前にフィルの姿を見つけ、マリーアは駆け寄った。

「ごめんなさい……迷惑をかけてしまって」

ベリンダからは、あのあと「ごめん」と軽い口調で謝られていた。「向こうだってあんたに気があるから引き受けたのよ」などと勝手なことも言っていたけれど。

もとはマリーアがフィルに対し、誤解されてしまうような態度を取ったことが原因だった。

ベリンダだけのせいではない。

上官であるフラビオに言われてしまえば、フィルも断りにくい。ただただ彼に申し訳なかった。

「一人で帰れるので、大丈夫ですから」

「……もう引き受けた。大丈夫と言われても困る」

断りを入れると、抑揚のない声で返される。

「でも……」

マリーアが躊躇っていると、フィルは小さく溜め息を吐き、歩き始めた。

怒ってしまったのかと思ったが、その歩調はやけにゆっくりだった。

そしてすぐに止まり、振り返る。早く来いと言いたげな視線を向けられ、マリーアは慌てて追いかけた。


「あの……お茶でも飲んでいきませんか」

立ち去ろうとする男を、マリーアは呼び止める。

思わず誘ってしまったが、お礼のつもりなのか、それとも別の感情があるのか、自分でもよくわからなかった。

少し間があったので断られるのだろうかと思ったのだけれど、足を止めたフィルは踵《きびす》を返して、マリーアに近づいてきた。

誘ったのは自分なのに、彼を部屋に招いたのをマリーアはすぐに後悔した。

部屋は毎日掃除してあるので清潔ではある。けれど狭いし、内装も家具も古い。茶葉は高価なものではなかったし、お湯は部屋では沸かせないので、共用の炊事場まで行かねばならなかった。

彼を部屋に待たせ、お湯の用意をして戻る。

「君は……飲まないのか？」

テーブルの上にカップを置くと、椅子に座っているフィルが訝しげにマリーアを見上げた。

「……カップがひとつしかないので」

一人暮らしを始めて、部屋に誰かを招くのは——最初の日にベリンダがどんな部屋か見に来て以来だ。

椅子もひとつしかないので、マリーアは寝台に腰掛ける。

フィルはお茶の入ったカップを感情のない目で見続けたあと、手を伸ばし口にする。

ただお茶を飲むだけだったけれど、フィルの所作には品があった。酒場での彼の食事の仕方も……今から思えば、他の客たちとは違っていた。

カタンと、テーブルにカップを置く音が妙に大きく聞こえた。

空になったカップを片付けようとマリーアは手を伸ばす。ちょうど彼もカップをマリーアに差し出そうとしていて、手がぶつかった。

触れ合った手に視線を落とし、あることに気づく。

フィルの手は荒れていた。

爪の周囲にはささくれができ、指がかさついていた。手の甲にはいくつもの擦り傷がある。

八年前のルカーシュの滑らかな手を思い出し切なくなるが、手がかさつき荒れているのは自分も同じであった。

皇女であったときも辺境伯夫人であったときも、マリーアは水作業の経験がなかった。

けれど今は皿を洗ったり洗濯をしたり、頻繁に水作業をする。真冬でもお湯ではなく水を使うこともあった。

手が赤く腫れ上がり痒くなって、もしかして悪い病気だろうかと不安になっていると、ベリンダから『しもやけ』だと教えられた。

今は冬ではないので、そこまで酷くはない。けれど手入れを全くしていないので、肌荒れが酷い。

香油を買おうともしたが、効きの良いものは高価でつい後回しにしてしまっていた。

触れ合った手を引っ込めようとすると、フィルの指に指を握りしめられる。

冷たい双眸がマリーアを見据える。日が翳り始めているので、瑠璃の瞳が深い紺色に見えた。

――こうなることを期待して……部屋に誘ったのだろうか。

自分はいったい彼に何を求めているのだろう。

彼との交合に嫌悪感はなく、快楽を感じてしまった。気持ちよくなりたくて、男が欲しいだけなのだろうか。

それとも……贖罪《しょくざい》なのだろうか。

マリーアの指には、かつて彼が嵌めてくれた指輪がない。コウル皇国から逃げ出す際、船に乗るためにフラビオへ渡したのだ。

罪悪感で胸の奥がじりじりと焼ける。

フィルが近づいてくる。彼の眼差しが、すぐ近くにある。

憎しみなどは浮かんでいないように見えるが、その眼差しは凍えそうなほど冷たく、暗い。

マリーアはフィルの気持ちどころか、自分の気持ちさえわからなかった。

だというのに……唇を寄せられると、求めるように唇を開き、目を閉じてしまった。

◆◇◆

その次の日も、部屋まで送ってもらい——身体を重ねた。

休憩宿ではないので壁は薄く、声を出せば隣に聞こえてしまう。

マリーアは必死で声を殺し、男の熱情を受け入れた。

初めてのときはすさまじい痛みがあった。二度目のときも圧迫感と苦しさがあったが、徐々に身体が慣れてきたのか、逞しいもので身体を貫かれると快楽を覚えるようになっていった。

連日の交合で疲労を滲ませるマリーアを、ベリンダは生温い目で見ながら、「よかったわね」と言った。

「よかった？」

「恋人になったんでしょう？」

当然のように言われる。

おとといも昨日も身体を重ねた。しかし行為が終わると、フィルはすぐに身体を離し衣服を整えてマリーアの部屋から出て行った。

愛の言葉も甘い囁きもない。それどころか会話らしい会話もない。

ベリンダはマリーアの表情で察したのだろう。楽しげだった顔を曇らせた。

「もしかして……身体だけの関係なの？　後押ししたのアタシだし……軽い関係も、悪くはないと思うけど……。強要されているんじゃなくて、合意なのよね」

身体だけの関係になっているのを認めるのは恥ずかしいが……フィルがベリンダに誤解されるのも嫌だったので、マリーアは頷く。

強要されていないし、納得してフィルと身体を重ねていた。けれどマリーアはどうしてこんな関係を続けているのか、自分でもわからなかった。

嫌ならば拒否すればよいだけだ。しないのはフィルとの交合をマリーア自身が望んでいるからだ。

——彼から全てを奪ってしまった……その罪悪感からなのだろうか。

冷たく感情のない眼差しや、荒れた手。

そして昨日……フィルのシャツがはだけ、胸から腰にかけて傷のようなものが、いくつもあるのが見えた。

彼はもう王太子ではなく、兵士なのだ。危険な目に遭遇することもあるだろう。

八年前、マリーアは立場こそ皇女であったが、真実は知らされず捨て駒でしかなかった。たとえ真実を知っていたとしても、無力な自分に父の企てを止める術《すべ》はない。

けれど八年前の優しかった彼のことを思うと、彼を陥れた罪深さで胸が苦しくなる。

マリーアが気づいているように、フィルもマリーアがアンナという島民ではなく、コウル皇国の皇女であった女だと気づいているはずだ。

――どうして彼は、私を抱くのだろう……。

自分の気持ちも、彼の気持ちもわからない。

憎しみなのか。それとも、ただ単に都合のよい、性欲のはけ口なのだろうか。

「フラビオがフィルは根暗だけど、女遊びもしないし真面目なやつだって言ってたわ。だからあんたのことも単なる遊びではないと思うけど……」

ベリンダは言葉を区切ったあと、「でも、まあ……海兵だからねえ」としみじみといった風に言った。

「……海兵、だと駄目なんですか？」

「何せ、海に出たら帰ってこない。漁師も同じだけれど。任地先が変わることも頻繁だしね。不義理な男が多いのも確かだよ。でも給金はいいし、もしものことがあれば国から給付金も出るからね。恋人としてはお薦めしないけど、夫としてはいいと思う」

夫――。

八年前。一日だけだったけれど、彼はマリーアの夫だった……。

あのときのマリーアはゲルトへの叶わぬ想いを抱えていて、彼の妻になるのが苦しかった。

だというのに、もしもあの婚姻が続いていて、彼と夫婦でいたならば――。

自分たちはどのような関係を築いていたのだろう。そんな想像をしてしまう。

彼の国は滅び、自分は国を捨てたというのに。

「どうしたの？」

俯いたマリーアの顔を、ベリンダが心配げに覗き込んでいる。

「……フラビオの軍は、しばらくロバル島所属になるらしいから。急に二、三年音信不通ってことにはならないと思うから、安心しなさいな」

ベリンダはマリーアがフィルの任地が変わることを案じていると思ったらしい。元気づけるように言った。

それから十日が過ぎた頃、フラビオの船が出航した。

ベリンダが言っていたとおり任地が変わったわけではなく、ひと月後にはまたロバル島に帰島するらしい。

ほぼ毎日会っていたが、フィルは出航することもひと月後に戻ってくることも、マリーアには言わなかった。

マリーアはフラビオから「帰り、フィルは送れなくなるが大丈夫か?」と心配されて、それを知った。

もともと一人での帰宅に不安は感じていなかった。

フラビオにはフィルから知らされていなかったのを気取られぬように、「大丈夫ですよ」と笑顔で答えた。

――言ってくれればよかったのに。

しばらく会えなくなる。そう言ってくれなかったのを寂しいと思った。

けれど……寂しいと感じる自分をおこがましいとも思う。

――フィルとは、きっとこれきりになる。

『送る』という理由があったから会い、その流れで交合していただけだ。会う理由がないなら、接点もなくなる。

ひと月後にロバル島に戻ってきても、フィルはもう自分には会いに来ない気がした。だからこそ、フィルはしばらく会えなくなるのをマリーアに伝えなかったのだろう。

流されるように始まった関係だから、特に別れを口にすることなく、自然に終わるのだ。マリーアはそんな風に思っていた――しかし、ひと月後。

海から戻ってきたフィルは、マリーアの部屋を訪ねて来た。

◆
◇
◆

深い緑色の瞳が、ルカーシュの姿を見て大きく見開いた。

そして瞬いたあと、ルカーシュを部屋に入れるため身体をずらし場所を空ける。

ルカーシュは彼女がドアを閉めたのと同時に、その身を抱き寄せた。

柔らかな尻に手をやると、びくりと震える。

「あ……ん……っ」

声をあげかけ、はっとしたように口を閉じた。

この部屋は壁が薄いので、彼女はいつも喘《あえ》ぎ声をあげないよう口を閉ざしていた。必死で声を堪える様はルカーシュの情欲を誘った。

ルカーシュはひと月前、彼女に別れを告げず、いつ戻ってくるかも伝えず海に出た。

このまま彼女の身体と時間を奪い続けるのが正しいとは思えない。離れるにはよい機会だった。

彼女も、自分たちの関係は終わったと思っていたのだろう。

唇を噛みしめ、どうして？　とでも言いたげな視線でルカーシュを見上げた。

ルカーシュは問いには答えず、黙ったまま、ふっくらとした唇を塞いだ。

どうして会いに来たのか。ルカーシュ自身にもわからない。

ただ……フラビオから二年前の彼女――マリーアのことを聞き、会わずにはいられなくなった。


ロバル島を出港し、三日目。

「お前がどういうつもりでアンナと関係を持ってるのか、聞いておいてくれってベリンダに言われた」

船内には食堂があった。ルカーシュが一人で食事を取っていると、フラビオが隣に座り言いづらそうに口を開いた。

「男と女の関係なんぞ、当人同士の問題だ。十代の子ならまだしも、アンナは結構年齢もいってるし。放っておけって言ったんだがな」

最初アンナが誰だがわからなかったが、話の流れでマリーアのことだと気づく。

「まあでも、一応知らない仲でもないし、気になるといえば気になるし……」

「……知らない仲ではない？」

「変な意味じゃないぞ。二年前、事情がありそうだったから、密航の手助けをしたんだ」

海軍の将校でありながら密航に手を貸したのかと呆れるが、それよりも彼女の『事情』が気になった。

「雨に降られたせいで全身ずぶ濡れで、外套の下は喪服。なんていうか、雰囲気が必死というか異様っていうか……。そのうえ金も持っていない。金がないなら、船員たちの情婦になるなら乗せてやるって言ったんだが」

「……そんな真似をさせたのか？」

マリーアにそのような行為を強要したのか。

ルカーシュは怒りよりも信じられない思いで、フラビオを睨みつけた。

「いや、もちろん脅しだ。そう言えば諦めるだろうと思ったんだ」

ルカーシュは安堵する。

情婦という職業を差別してはいない。しかし彼女の身分を知っているせいか、マリーアが不特定多数の者たちに身体を開くのは許しがたかった。

「脅しで言ったんだが、アンナは情婦になってもよさげな感じだった。世間知らずの淑女って感じだったから、情婦のキツさが想像できなかっただけかもしれないが。まあとにかく、よっぽど逃げ出したい何かがあったんだろう」

情婦になってもよいと思うほどの、逃げ出したい何か――。

ラトバーンが滅びたあと、マリーアは辺境伯に降嫁したと伝え聞いていたが、彼女は幸せではなかったのだろうか。

――喪服姿ということは、夫である辺境伯が亡くなったのかもしれないが。

身分を捨てるくらい……船乗りたちの情婦になってもよいと思うほどに逃げ出したかった。彼女にそう思わせた理由が気になった。

「まあ、いくら同情していても、タダで乗せるわけにもいかないからな……指輪と引き換えに乗せてやったんだが」

「指輪……？」

「ああ翠玉の。大切そうに指に嵌めていたんで、悪いかなとも思ったんだが……まあ全てを捨てる覚悟がないヤツのために、密航なんて危ない橋は渡れないからな。ちょうど行商人が旅客で乗ってたんで、売り払ったんだが、なかなかの値段で買い取ってくれたよ」

——ありがとうございます……。

翠玉の指輪を薬指に嵌めたとき、彼女は小さな声で礼を口にした。

あの指輪をずっと嵌めていたのだろうか。いや、別の指輪かもしれないし、単に罪悪感から外せずにいたのかもしれない。

ルカーシュは複雑な気持ちになった。

今も……ルカーシュを拒めず、性交を受け入れているのは罪悪感からなのだろう。

もういいのだと。君のせいではないのだと言ってやらなければ。そう思うのに……。

「軽はずみな気持ちで、関係を持っているわけではない」

「そうか。まあオレが言うのはなんだけど、大事にしてやれ」

会いたいと願ってしまう。

抱きたいと欲望を抱くのは、単なる性欲からなのか。国を追われた復讐心があるのか。

それとも——。


唇を重ね、舌を絡める。

女のほっそりした手がルカーシュの背を抱いた。

こうして肌に触れていると、相手の気持ちも自身の気持ちすらどうでもよくなってくる。

心などない獣のように、昂ぶる熱のままにマリーアを求めた。

柔らかな乳房を衣服の上から揉み、首筋に唇を落とす。

「んっ……」

指がルカーシュの髪を撫でる。

もっととせがまれている気になり、ルカーシュは首筋から鎖骨へと唇を辿らせた。

ボタンを外し、胸元を緩め、ふっくらした乳房を取り出す。

中心の部分はツンと愛らしく勃ち上がっていた。紅色の乳首を口に含み、乳の出ないそれを赤子のように吸った。

「あっ……んっ……だ、だめ……」

小さな声で制止する彼女の顔を、乳首を舐めしゃぶりながら、視線だけで窺う。

マリーアは顔を真っ赤にさせ、「寝台に……」と小さな声で誘った。

狭い部屋なので寝台はすぐそこだ。

ルカーシュは彼女を抱き上げ、寝台に下ろした。

深い緑色の双眸がルカーシュを映している。何かを問いかけるような眼差しの奥に『罪悪感』そして『哀れみ』のような色を見た気がして、ルカーシュは彼女の身体を反転させた。

柔らかな髪を指で梳《す》き、白いうなじに唇をつけた。

「……ん」

マリーアのうなじをキツく吸い上げ、耳の裏を舌先で舐めた。

擽ったいのかマリーアは肩を竦める。

ルカーシュは前に手を回し、乳房を揉んだ。硬くなった乳首を摘まむと、マリーアの息が弾む。

マリーアは膝丈の麻のワンピースを着ていた。薄茶色の生地は、何度も着ては洗っているからか、色褪せている。

——本来なら、こんな服を着るような身分ではないのに……。

裾に手を入れ捲り上げたルカーシュは、白い背に刻まれた傷痕に気づき手を止める。

古傷のようで、色が薄くなってはいる。しかし細い切り傷らしき痕が無数にあった。

「これは……？　どうしたのです？」

痛々しい傷痕に驚いたため、思わず昔のままの口調で訊ねてしまう。一瞬ヒヤリとしたが、彼女は口調が変わったことに気づいていないようだった。

「これ……？」

「……この傷は？」

ルカーシュは指でそっと傷痕に触れた。

「……その……階段から落ちて……怪我をして」

辿々しくマリーアが答える。

階段から落ちて、どうしてこんな鞭で叩かれたような痕ができるものか。喉元まで出かかった言葉をルカーシュは呑み込んだ。

八年前は背中を見ていなかったので、痕に気づかなかった。

あのときから……皇女であったときにつけられたものなのか、それとも夫であった辺境伯につけられたのか。それ以外の別の誰かの手によるものなのか。

もしかしたらこちらに来てからつけられたものなのかもしれない。しかしルカーシュはこの傷痕が、マリーアがコウル皇国を、自身の名を捨てた理由に思えた。

ルカーシュは彼女の傷痕を指で辿り、口づけをする。

「あ……」

震える背に何度も唇を落としながら、腰を掴み、膝を立てさせた。

下着をずらし、ふっくらとした白い尻を手のひらで包む。

ん、ん……とマリーアが口を手で押さえ、必死に声を出すのを我慢している。

声を耐える代わりにいやらしい鼻息を漏らしているのが、ルカーシュの情欲を煽った。

尻を撫で、ぐっと割くように広げる。

秘処が露わになる。こんな風に近くで見るのは初めてだった。

愛らしい窄まりの下には、紅色の陰唇がある。親指でふっくらとした陰唇を押し広げると、蜜でてかりと濡れた膣口が見えた。

ヒクヒクと戦慄《わなな》く膣口は、とても自分のものが入るとは思えないくらい、小さい。

「み……見ないで……」

消え入りそうな声で懇願するのを無視し、ルカーシュは誘われるようにそこに口をつけた。

「……あぁ……」

舌先で零れ出す蜜をすくい上げ、舐め広げる。

気持ちがよいのか、マリーアの尻と太股がふるふると痙攣《けいれん》している。

ぎゅうっと収縮した膣口の周りを尖らせた舌で舐め、膣口の先にある小さな尖りを指先で軽く押した。

ぷくりと膨れた陰核を刺激すると、膣口から溢れる蜜の量が多くなる。

ルカーシュはそこを指で優しく弾きながら、膣口から漏れ出す蜜を啜《すす》った。

「だめ……そこは……」

口淫をしながら窄まった場処に触れると、そこをいじられるのは抵抗があるのだろう。しないで、と涙声で言われた。

嫌がっているのに無理強いはしたくない。ルカーシュはそこに触れるのをやめた。

初夜のときのことを思い出す。

獣のように四つん這いになった彼女は羞恥に震えていて、可愛らしかった。

初夜は正常位で行ったが、いつか夫婦として関係を深めていく中で、後背位をすることもあるだろうと……。獣のような体位も間違いではないし、他にも男女の交わり方はいろいろあるのだと……彼女に教える日が来る、そう思っていた。

自分に待ち受けている未来も知らずに——。

ルカーシュは荒々しく上着とシャツを脱ぎ、下肢を緩め、昂ぶっている己を取り出す。

すでに先走りで潤っている先端を、彼女の膣口に宛がった。

「あっ……んんっ……」

「くっ……」

狭くキツい彼女の膣肉が健気にルカーシュの剛直を受け入れていく。

ぐちゃぐちゃに濡れそぼった彼女のそこは、きゅうきゅうとまとわりつくように、ルカーシュの陰茎を刺激した。

自身の茂みが彼女の真白い尻にぴったりとつく。その淫靡な光景を眺めながら、腰を動かした。

「んっ……んっ」

マリーアが背をのけぞらせ、弾んだ息を漏らす。

決して消えることのないだろう傷痕が哀れで、そんなものを彼女につけた者が憎いと思う。けれど自分が彼女に強いていることも、さほど変わりがなく……いやそれ以上に酷い行為だと自覚もあった。

マリーアはルカーシュに罪悪感を抱いている。ルカーシュが国を追われたのは、自分の責任だと思っているのだろう。

全てはルカーシュの無能さが招いた結果だというのに。

家族を失い国を失い、描いていた未来を失った。

今もこうして、のうのうと生きていることに罪深さを感じ、恥じている。そんな自身に苛立ち、死に場所を探しているのに——まだ息をしている。自ら死を選ぶことすらできない。

そんな鬱屈した気分を晴らすために彼女を抱いているのだろうか。

わからない。わからないけれど、彼女が欲しくて仕方がなかった。

彼女の身体を押さえつけ、腰を振る。穿つたびに、淫音が立った。いつになく乱暴に求めているという自覚はあったが止まらなかった。

「……っ」

限界が近づき、ルカーシュは荒い息を漏らしながら、陰茎を彼女の膣口から抜き取った。

白濁が勢いよく、マリーアの尻にかかる。

子種を残さぬため、中に射精しないよう気をつけてはいるが、だからといって妊娠の可能性がなくなるわけでもない。

死にたいと思いながらも死なずにいて、子はつくれないと思いながら彼女を抱く。

何もかもが中途半端な自分は、滑稽で愚かだった。

けれど——もし子ができたならば……。

八年前、ルカーシュは全てを失った。

失った未来の中の残骸を、ひとつだけ手にすることができるかもしれない。

自分勝手な、淡い夢を抱いてしまいそうになる。

ルカーシュは身体を起こし、乱れた衣服を整えた。

息を荒くしているマリーアを残し、ルカーシュは部屋を出る。

住宅の一階部分に、共同の炊事場があった。湯を沸かし桶に入れ、部屋に戻る。

うつ伏せの格好のままでいたマリーアが、ルカーシュが戻ってきたことに気づき顔を上げた。

床に桶を置き、寝台に座る。持っていたハンカチーフを湯で濡らし、彼女の尻を汚す白濁を拭い取った。

自身の残した跡を消すと、脱げかかっていた服を戻してやり、寝台の隅に押しやられていた掛布を彼女の身体に掛ける。

そうしてからルカーシュは彼女の傍に横たわった。掛布で包んだ彼女の身体を抱き寄せる。

「あ……あの……」

戸惑うような声が聞こえたが無視をした。

船上では交代で不寝番につく。昨夜はその番が回ってきたため、一睡もしていなかった。溜まっていた熱が発散されたのもあり、急激な眠気が襲ってきた。

マリーアが身体の向きを変え、こちらを見ているのを感じたが、ルカーシュは目を閉じたまま気づかないふりをした。

指がそっとルカーシュの頬に触れ、前髪に触れた。

髪を梳かれる感触が心地よく、ルカーシュは眠りに身を委ねた。

◆　◇　◆

――どうして……。

フィルは自分との関係を終わらすつもりなのだと。だから出航することを教えてくれなかったのだと、マリーアは思っていた。

けれど先日、いきなりフィルはマリーアの部屋を訪ねてきた。

――それに……。

いつもは交合するとそれで終わりなのに、フィルはマリーアを抱きしめ眠った。

二人で眠るには狭い寝台だったけれど、居心地の悪さはなく人肌は毛布より温かかった。寝息は子守歌のごとく、マリーアを安らかな眠りに誘った。

すっかり寝入ってしまったマリーアは、抱きしめられたまま朝を迎えた。

起きると、朝日を浴びたフィルの瑠璃色の瞳がマリーアを見つめていた。

――少し寝癖がついていて、寝惚け眼《ねぼけまなこ》だったけれど。

いつもは凛々しい顔が呆けていて、マリーアはその姿にときめいてしまった。

前日に買っていたパンを朝食として出すと、フィルは黙々とそれを食べた。食べているうちに、だんだんと顔つきがしっかりしてくる。

そして粗末な朝食の礼なのか、帰り際目を伏せて「ありがとう」と小声で一言残し、マリーアの部屋をあとにした。

――何かあったのかしら……。

今までの交合とどこか違う気がした。

いつもより激しくて……と思いかけ、マリーアは頬を赤らめる。

真っ昼間から仕事中に何を考えているのだ、と自身を叱咤したときだ。

「きゃっ」

背後で声がして、ドンと右肩に衝撃が走った。

バシャンという音とともに、右手が熱くなる。

ハッとしてそちらを見ると、給仕仲間であるエマが焦った表情を浮かべオロオロしていた。

どうやらマリーアにぶつかり、料理を落としてしまったらしい。

「やだっ、ご、ごめんなさいっ。アンナ、大丈夫？」

エマが運んでいた料理は肉料理で、熱々に煮込んだソースがたっぷりかかっていた。そのソースが運悪く、マリーアの腕から手にかけてべっとりと零れてしまっていた。

「大丈夫よ。こっちこそ、ごめんなさい。私もぼうっと立っていたから」

熱さを我慢し、マリーアはエマに笑って見せた。

「どうしたの」

騒ぎを聞きつけ、ベリンダが寄ってくる。

「早く水で洗ってきなさい」

客の目もある。手早く片付けを指示しながら、ベリンダはマリーアに険しい顔をして言った。

ソースを洗い流すだけでなく、流水でしばらく右手を冷やした。

ベリンダから近所の医者に診《み》せるよう言われる。大事にはしたくなかったが、ヒリヒリとした痛みがあったため大人しく従った。

他に患者がいなかったため、医者はすぐに診てくれた。

肌は真っ赤になっているものの、症状は軽く痕も残らないだろうとの診断だった。

「本当に、ごめんなさい……」

処置が終わり店に戻ると、包帯の巻かれたマリーアの手に視線を落とし、エマが泣きそうな顔で謝罪の言葉を口にした。

「不注意なのはお互い様なのだから、謝らないで。それに大げさに包帯を巻かれているけど、軽傷なのよ。痕も残らないって」

「よかった……。痕が残ったら大変だもの」

マリーアが微笑み言うと、エマは胸に手を当て、心底ホッとしたように長い息を吐いた。

痕が残ったら大変——その言葉に、マリーアは自身の背にある醜い傷痕のことが頭に浮かんだ。

背中なので鏡に映しでもしない限り、目に入る機会はない。冬場に少し引きつったような感覚がするときもあったが、普段は全く意識していなかった。

先日フィルに指摘されたときも、一瞬何のことを言われているのかわからなかったくらいだ。

――彼はどう思っただろう。

醜いと思っただろうか。階段を落ちたときの傷だと咄嗟に嘘を吐いたけれど……鞭の痕だと気づかれただろうか。

夫から鞭打たれ気絶し、高熱で数日もの間寝込んだあと、医者から鞭の痕が残るでしょうと告げられた。そのときは何の感情も抱かなかったというのに、今になって己の背についた傷痕が恥ずかしく、忌《い》まわしく感じた。

「やっぱり……本当は痕が残っちゃうの？」

沈鬱な表情で黙り込んだマリーアに、エマが眉尻を下げて訊いてくる。

マリーアは慌てて「違うの、本当に大丈夫だから」と首を横に振った。


ベリンダに傷が治るまで、仕事を休むように言われた。

休んでいる間も給金を出すという。申し訳なく感じたマリーアは、水洗いは無理だが、他に何かできる仕事をしたいとベリンダに申し出たのだが。

「うちは怪我人と病人を働かせるほど、人手に困っていないの。大人しく休んでいなさい」

と一喝された。

怪我をしているのに無理して働けば、みんなにも迷惑がかかる。

せっかくなので、ゆっくり身体を休めようとマリーアは思った。

――でも、することがないわ……。

部屋に戻り、軽く昼寝をしたものの……そのあとは特にすることがなく、マリーアは途方に暮れた。

ロバル島に来てからは日々を忙しなく過ごしていた。休みの日は掃除や裁縫をしていたのだが、今は利き手が使えないので無理そうだ。

辺境伯夫人であった頃はハーブを育てるのを趣味にしていた。こちらでも育ててみたいと思ったこともあるが、手間がかかるので諦めていた。

皇女であった頃は余暇を本を読み過ごしていたのだが、金銭的理由から本を買う余裕はなかった。

――でも、たまにはいいかもしれない。

貯金も少しできた。以前ほど節約しなくとも大丈夫だ。

一冊だけ。よく吟味して購入するのだ。

今まで我慢してきたご褒美。怪我をした自分への慰めだ。などとマリーアは胸を弾ませた。

どちらにしろ食事を買いに行かねば、部屋に食べるものがない。マリーアはついでに本も売っている雑貨店に寄ってこようと思い、部屋を出た。

「……っ」

部屋のドアを開けたマリーアは驚いて息を呑んだ。

ドアのすぐ傍に、フィルが立っていたのだ。

ノックする前にドアが開いたからだろうか。フィルも驚いたように目を瞬かせた。

「……君が……怪我をしたと……店の者が言っていた」

『ベリンダ』に立ち寄り、マリーアの話を聞いたらしい。

「怪我といっても、軽傷なんです。少し火傷《やけど》をしただけで」

フィルの視線が、マリーアの包帯を巻かれた手に向かう。

「……これを」

眉を寄せ、フィルが紙袋を手渡してくる。

「食事に困っているかもしれないからと……預かってきた」

ベリンダが心配して、食事を用意してくれたようだ。

「ありがとうございます」

「……礼なら、店の者に言うといい」

「いえ、持ってきてくださったのだから。そのお礼です。……あの……お茶でもしていきますか」

マリーアが誘うと、「ああ」と短い答えが返ってきた。

紙袋の中には、持ち運んでも崩れない料理が丁寧に入れられていた。

フィルも食べるのを想定してか、料理は二人分あった。

う。

「あ、お茶を汲んでくるので、座っていてください」

お湯を取りに行かねばならないと、マリーアは料理をテーブルに並べていた手を止めて言
しかしフィルはテーブルの上にあった茶器を手に取ると、何も言わず部屋から出て行った。

──もしかして、お茶を汲んできてくれるのかしら。

少しして戻ってきたフィルは、手慣れた様子でお茶の準備を始めた。

「……ありがとうございます」

「……いや」

「夕食にはまだ少し早いけれど……一緒に食べてくれますか」

「いや……」

「一人で食べるには多すぎるから」

マリーアが言うと、フィルは渋々と言った表情で椅子に座った。

「……一人で食べられるのか？」

「え？　量が多いので、一人だと無理です」

多すぎると言ったばかりなのに、とマリーアは首を傾げながら答える。

「いや……そうではなく、手は大丈夫なのか」

料理はバターの挟んであるパン。こんがりと焼き色のついた肉や温野菜は食べやすく刻んで

あった。

ナイフを使わずともフォークだけで食べられる。左手だけで何とかなるだろう。

「……無理なら手伝うが」

「いえ、一人で平気です」

フィルの手を借りて食事をするなど……想像しただけで緊張する。断ると、フィルは低い声で「そうか」と頷く。

マリーアは仕事中の昼食は、いつも『ベリンダ』の賄いの食事だった。ベリンダが作るときもあれば、料理人が作るときもある。

これはベリンダが作ってくれたのか、味付けが料理人のときより少しだけ濃かった。

ベリンダの気遣いに感謝し食事をする。利き手ではないので覚束なく、いつもより倍以上の時間がかかった。

しかしマリーアがフォークを置くのと、フィルが食べ終わるのはほぼ同時だった。

マリーアの食事の速度にフィルが合わせてくれたのだと思うと、申し訳なかったが温かな気持ちになった。

自分ですると言ったけれど、フィルが後片付けもしてくれた。

それどころか――。

フィルが盥に湯を張り始めるのを見て、マリーアは驚いてしまった。

「あの、一日くらい……大丈夫ですから」

身体を拭いてくれるつもりらしいが、フィルの手を借りる気にはなれない。

「あの、一人でできるので」

せめて自分の手で拭きたいと申し出たのだが、「服は一人で脱げるのか」と返された。

——交合はしたいけれど、身体が汚れているのが嫌なのかしら。

だから、マリーアの身体を清拭《せいしき》したいと思っているのだろうか。

恥ずかしいが、フィルに汚いと思われるのも嫌だ。マリーアは渋々と衣服を脱いだ。

腕まくりしたフィルが、濡れた布をマリーアの背中に押し当てる。

背中の醜い傷痕をフィルに晒していると思うと、いたたまれない。

「……手の火傷は……痕が残らないそうです」

背中だけでなく、手まで傷痕が残ると思われたくなくて、マリーアは訊かれてもいないのに言った。フィルは感情のない声で「そうか」と返す。

居心地の悪い沈黙が流れる中、フィルがマリーアの背中を拭き終わる。

前も拭くつもりなのかと案じていたが、フィルは濡れた布をマリーアに差し出してきた。

マリーアはホッとしながら、サッと自分の手の届く範囲の肌を拭く。

「着替えは？」

「棚の中に……自分で取ります」

マリーアが着替えを始めると、フィルは盥を片付けに行く。

着替えをすませてから、どうせ交合するのだから裸でよかったのではと気づく。脱ごうかしらと迷っていると、フィルが戻ってきた。

フィルはマリーアの腕を取り、寝台に誘った。

横たわると、フィルが背後からマリーアを抱き込むように身体を寄せてくる。逞しい腕が腹に回される。交合の予感にマリーアは身を震わせた。

しかしフィルの手はマリーアの衣服を脱がそうとも、愛撫しようともしない。

「あの……しないのですか？」

躊躇いながら訊ねるが、返事がない。

背後を窺うと、小さな寝息が聞こえてきた。どうやら寝ているらしい。

先日も同じ寝台で眠ったが、あのときは交合のあとだった。疲れていて、帰って眠るのが面倒になりそのままマリーアの傍で眠ったのだろう。

けれど今は、交合はしていない。

——働いて……疲れているのかしら。

海軍の仕事がどのようなものなのかは知らないが、肉体労働もしているはずだ。

彼の腕や胸はラトバーンで初めて出会った頃より、逞しくなっている気がした。

マリーアは包帯の巻かれた右手でそっとフィルの腕に触れ、目を閉じた。

マリーアが目を覚ますと、すでにフィルの姿はなかった。

帰ったのだろうと髪を整えていると、ドアが開く。

フィルは手に紙袋を提《さ》げて、部屋に入ってくる。そして、紙袋の中身をテーブルに並べた。

テーブルには焼きたてのパンが並んでいる。香ばしい匂いが部屋に広がった。

「あの……」

買ってきてくれたらしい。戸惑いながら、マリーアはフィルを見た。

「……食べないのか？」

フィルは無表情で訊いてくる。マリーアは首を横に振った。

「いえ、いただきます。ありがとうございます」

礼を言い、昨日と同じようにフィルと食事をともにした。

今朝もフィルはマリーアの食事の速度に合わせてくれているようで、マリーアは急ぎ気味にパンを口に放り込んだ。

食事を終えたとき、トントンとドアを叩く音がした。

こんな朝早くに訊ねてくる者に心当たりはなかったが、もしかしたらベリンダが出勤前にマリーアの様子が気になって、立ち寄ってくれたのかもしれない。

返事をしながらドアを開けると、ベリンダではなくエマが立っていた。

「おはよう。ベリンダさんから、住んでる場所を訊いたの。これ差し入れ。困っているかと思って」

マリーアの怪我を心配し、食事を差し入れに来てくれたらしい。紙袋を渡される。

「怪我は本当に大したことないのよ。心配させてごめんなさい」

ベリンダやエマ。それからフィルにも、余計な気を遣わせてしまった。マリーアは恐縮する。

「勝手に心配しているんだから、アンナが謝ることなんてないわ。あなたの怪我が大したことないのと、私が差し入れしたのは別の話。ありがとうって、受け取ってくれたほうが嬉しいわ」

エマのあっけらかんとした微笑みに、マリーアもつられるように笑みを返した。

「じゃあ、これから仕事だから、またね。……」

エマの視線が部屋の奥へと向かい、パチパチと瞬く。

「あ、そうなんだ。へえ……やっぱり……噂どおりだったのね」

呟きに首を傾げると、エマはにんまりと笑む。そして「多めに買っておいてよかった。二人で食べてね」と言った。

部屋にフィルがいるのを思い出したマリーアは、誤解――いや、肉体関係があるので誤解とも言い切れないのだが、おかしな想像をされた気がして、慌てて否定しようとした。けれどエマはマリーアが呼び止めるより早く、ドアを閉めてしまう。

――送ってもらっていた事情は説明していたけれど……噂になっていたのね……。

エマは『噂どおり』と口にしていた。

事情があり、フィルに少しの間、護衛の真似事をさせていると、マリーアはみなに説明していた。しかし、ベリンダに気づかれたように二人の仲を疑う者がいたのだろう。

――そういう関係ではないのに。

ただ、身体を重ねるだけの関係なのだ。

――でも、昨日は、何もしていない……。

「……どうかしたのか」

ドアの前で物思いに耽《ふけ》っていると、フィルが訝しげに訊ねてくる。

「いいえ。食事をしたばかりなのに、差し入れをもらってしまって……どうしようかと」

「……昼に食べればいいだろう」

「そうですね……そうします」

無表情で言われ、マリーアは頷いた。

マリーアはそれから五日間、『ベリンダ』を休んだ。

その間、フィルは三度マリーアの部屋を訪ねて来た。交合は一度だけ。怪我を気にしているのか、触れてくる指はいつもより優しく、身体を暴く行為もゆったりだった。

「アンナ。大丈夫なの？」

怪我を負わせたのをまだ気にしているのか、マリーアが出勤するとエマが駆け寄り不安げに訊いてくる。

マリーアは包帯を外している右手をエマに見せる。火傷を負った肌の赤みはすっかり薄くなっていた。

「よかった〜。この感じだと痕は残らないかな……」

「ええ。大丈夫だから、もう気にしないでね。差し入れも、ありがとう」

マリーアが礼を口にすると、エマは意味深に笑んだ。

「二人で食べてくれた？」

「え……ええ……」

——あなたが考えているような仲ではない。

そう釈明したかったが、身体だけの関係だと正直に告げると、フィルに悪い噂が立ちそうだ。マリーアは曖昧に相づちを打った。

「実はね、ちょっとだけ私もフィルさん？　彼に憧れてたの。あなたとの噂も、あまり信じてなかった」

エマは声を潜めて言う。

フィルは容姿が整っている。憧れる女性がいて当然だ。

「でも……二人でいる姿をはっきり見て、お似合いだなって思ったの」

「……お似合い……？」

「そう。アンナは優しいけど、ちょっとだけ陰があるじゃない？　フィルさんもそんな感じだし……あ、陰っていっても、変な意味じゃなくて。二人とも特別な雰囲気があるっていうか……お互いを支え合っている関係なのかなって。上手く言えないけど」

マリーアは何と返していいかわからず、押し黙る。

「よく知りもしないのに、勝手なこと言ってごめんなさい」

マリーアが不愉快に感じていると思ったのか、エマが焦ったように付け加えた。

「お似合いって言われて、少し戸惑っただけだから」

マリーアは複雑な気持ちを隠し、微笑みを浮かべた。

「お似合いよ。よい夫婦になると思う」

――お似合いな……よい夫婦……。

エマに朗らかに言われ、マリーアはさらに複雑な気持ちになった。

マリーアが仕事に復帰してからも、フィルはたびたび部屋を訪ねてきた。

しばらくの間、フラビオの船はロバル島に滞在するらしい。

海軍は意外と暇なのかしらと思うが、夜遅くに現れ、ひどく疲れているときもあった。そんなときは、交合はせず狭い寝台の上で寄り添って眠った。

――お金が貯まったら、もっと大きな寝台を買おうかしら。

フィルもゆったりと眠れるはずだ。

この関係が何なのかはっきりしないまま、マリーアはフィルとの日々に慣れていった。

そうして、ひと月が過ぎた頃。

フラビオの船が明日ロバル島を離れると、マリーアはベリンダから教えられた。

近くの海域で漁船が海賊に襲われたらしく、その調査と見回りのため出港するらしい。

その話を聞いた夜、部屋にフィルが訪ねて来た。

心配だったが、案じる言葉をかけてよいかわからずにいると、フィルが独り言のように口を開いた。

「……十日ほどで戻ってくる」

以前と同じで、何も言わず任務に行くのだと思っていた。

帰ってくる日にちまで教えられ、マリーアは何と返してよいかわからず、迷った結果「はい」とだけ答えた。

ふとフィルの手に目を止めると、手の甲に打ち身のような青いあざと切り傷があった。

「これ……」

「……？　ああ……切った」

マリーアは棚の中から、小瓶に入った塗り薬を取り出す。

火傷をしたときに医者からもらった傷薬である。皮膚を保護する薬で、切り傷にも効くという。

マリーアはフィルの手のひらを自身の手に取って、薬を指で練り込んでいく。

マリーアは脳裏に、八年前の出来事がよぎった。

初夜のとき、馬での長旅で尻が擦りむけてしまっていたマリーアに、彼が薬を塗ってくれた。

——……とても恥ずかしい格好を彼に見せてしまったわ。

それも会ったばかりの男性に。

羞恥に頬を染めながら、マリーアはフィルに何気なく視線を向けた。

フィルは重なった手を見つめていた。

瑠璃色の瞳は凪いだ海のように穏やかで、かたちのよい唇は緩やかな弧を描いていた。

マリーアは、驚いて指を止めた。

フィルの眼差しは冷たげで、いつも無表情で——。

フィルの穏やかな笑みを見るのは初めてだった。まるで八年前の彼のように、微笑んでいる。

マリーアは目頭が熱くなる。

エマから『お似合いな、よい夫婦』と言われ、複雑な気持ちになった。

かつて一日だけだったけれど、夫婦だったのだ。マリーアは彼の善き妻になるつもりでいた。

けれどあの日、彼とともに歩む道は閉ざされた。

――そう思っていたのに……。

偶然、この島で再会した。

もしかしたら、これは運命なのではと――消え去ったはずの未来を、彼とともに歩めるのでは……。

エマの『よい夫婦になれる』との言葉に、マリーアはほんの少しではあったが、そんな期待をしてしまっていた。

――彼から国と居場所、名前だけでなく、この微笑みまで奪ったというのに。

知らされていなかったのは言い訳にはならない。

きっと知っていたとしても、父に命じられれば逆らえはしなかったのだから。

駄目だと、泣いてはいけないと思うのだけれど、涙がじわじわこみ上げてきて、溢れて流れた。

マリーアの涙に気づいた彼から笑顔が消える。訝しげに眉が寄った。

「……ご、ごめんなさい」

消え入りそうな声でマリーアは謝った。

泣く権利などないのに。今、泣いてしまったことを謝罪したのか、それとも八年前、彼から笑顔を奪ったことを謝っているのか。自分でもわからなかった。

ただ、胸が軋んで痛い。

彼の手がマリーアの頬に触れる。そして端整な顔が近づいてきて、唇がマリーアの目元に押し当てられた。

優しく慰めるような口づけに、胸の痛さが増していく。

マリーアは彼の身体に身を寄せ、背中に手を回した。

故郷も家族もマリーアは彼に返してあげられない。

マリーアが彼にあげられるのは、この身体だけであった。


翌日。フィルたちの乗る船はロバル島を離れた。

そしてきっちり十日後、ロバル島に戻ってきた。

フィルは船が着いた夜、マリーアの部屋を訪ねて来た。

普通の恋人や夫婦のような『おかえり』や『ただいま』の言葉はない。

離れていた時間を埋めるように、身体を重ねた。

──彼の任地先が変われば、この関係も終わるのだろうか……。

海に出ているときは会えない。陸にいるときは、毎日のように会った。身体を重ねもしたが、ただ何もせず二人だけでいる時間、寄り添って眠るだけの夜も増えた。

そうして──彼と再会して、半年余りの時間が過ぎていった。

# 六章　愛するということ

見慣れない船がロバル島に着船している――。

マリーアは給仕仲間の会話からそれを知った。

「このあたりじゃ見ない感じの船だったよね。荷船なのかな～」

「それにしては警備が厳重だし、小型じゃない？」

「偉い人か、金持ちが観光しに来たとか？」

「うちの島に観光場所なんてないわよ」

「一度でいいから、あんな船に乗ってみたい～」

給仕の一人は熱心な船愛好者だった。

毎日、用もないのに港に行って、船を眺めているという。

大きさや種類の違いはわかるし、船の重要性も理解している。けれどマリーアからしてみれば単なる移送手段だ。なぜそんなに夢中になれるのかわからないが、人の趣味は様々だ。

辺境領にいた頃はハーブを育てたりもしていたが、今は趣味と言えるものがない。何かに熱心になれるのは羨ましくもあった。「アンナはどんな船が好き？」と話をふられたときは、どう答えるべきかわからなかったけれど。

見慣れない船の話のことはすっかり忘れ、気にもしていなかった。

それがマリーアの日常の終わりを告げる出来事だと知ったのは、翌日の朝のことだった。

酒場を訪れたフラビオに、マリーアは呼び止められた。

「フィルがマズイことになったかもしれん」

「まずいこと……？」

「昨日、コウル皇国の船が着いたんで、検《あらた》めに行ったんだが、あちらの軍人がフィルを見て、質《ただ》したいことがあると言い出してな……連れて行かれて、まだ帰って来ない」

昨夜、彼とは会っていない。頻繁に会ってはいたが、時々は職務で来られない日もあった。そのため特に案じてはいなかった。

——そういえば、見慣れない船が港にあると言っていた。コウル皇国の船だったの？　いえ、それよりも、彼が……。

彼が本当は生きていると知り、コウル皇国の軍が捕らえに来たのだろうか。

——あれから八年も経っているというのに……？

ラトバーン王家の王太子は、炎に焼かれ、埋葬されたと耳にしていた。けれどそれが偽りで、逃げ延びていたのだと情報を得たのだろうか。

騙されていたと知ったならば……コウル皇国は、父はどう思うだろう。

侮られたと怒り、そして――。

ラトバーン王は民の手により弑逆され、その首は城門に三日間晒されたという。ラトバーン王が、それだけ民の怒りをかっていた証でもあった。

王太子を慕っていた民も多いと聞くが……当時ならともかく、今現在、処罰を決めるのはかの国の民たちでもラトバーンの元臣下たちでもない。コウル皇国の軍が動いたのだから、父が決めるのだ。

「わけありだとは思っていたが……どうもコウル皇国でやらかして、逃げてきたらしいな。助けてやりたいが内容による……アンナ、何かフィルから事情を聞いていないか？」

「彼は今どこに？　……コウル皇国の軍は、どこに滞在しているのです？」

「……ロバル島の駐屯地だが。お前さんが行ったところで、どうにも……おい、待て」

呼び止めるフラビオを無視して、マリーアは駆け出した。

駐屯地はロバル島領主の館近くにある。

ロバル島の陸軍が駐屯していて、フラビオたちも昼間は訓練で利用していた。

マリーアは縺れそうになる足を叱咤し、走った。

これほど懸命に走ったのはあの日――辺境領地で御者が意識を失い、助けを呼ぶときに走った、あれ以来だった。

自分が行ったところで、何ができるというのか。彼に会うことすら叶わない気がする。しかしコウル皇国に連れて行かれたら、おしまいだ。どれほど懇願しようとも、父がマリーアの願いを聞き入れてくれることはないであろう。もともと疎まれていたうえに、父の言いなりになるのが嫌で皇族の責務からも逃げ出したのだ。願いを聞き入れてもらえるどころか、マリーアも罰を与えられるに違いない。けれど、コウル皇国に連れ戻され罰を受けようとも。何もできず、彼の命を救うことができなくとも。

知らないふりをし、逃げるわけにはいかなかった。

駐屯地の門の前には、ロバル島の兵士が二人、立っていた。兵士たちの中には『ベリンダ』の常連客も多くいるが、赴任してきたばかりなのか、二人とも知らない顔だった。

マリーアは走って荒れた息を整えてから、彼らに声をかける。

「ここに、コウル皇国軍の方がいると聞きました。お会いしたいので取り次いでもらえないでしょうか」

兵士たちは、マリーアを見て訝しげな顔をする。

「民間人が皇国の軍人に何の用だ？」

「私は……コウル皇国の皇族です」

「皇族？　あんたが？」

兵士たちが顔を見合わせ、嘲笑《ちょうしょう》した。

「頭のおかしい女を、他国の将軍や兵士に会わせるわけにはいかないんでね」

「さっさと帰りな。男が欲しいなら、もう少し待っていろ。相手してやるからさ」

からかうように肩に触れられ、マリーアはパシンとその手を振り払った。

「わたくしは、コウル皇帝の第一皇女マリーアです。名を伝えればわかるはずです。取り次ぎなさい」

行方《ゆくえ》を消して二年半になる。けれど、コウル皇国の兵士ならマリーアの名を知っているだろう。

辺境領に降嫁する前の皇女であった頃ですら、こんな風に堂々と『第一皇女』だと名乗ったことはなかった。

父に疎まれ、みなから役立たずと揶揄されている。そんな自分が『皇女』と名乗ることを恥じていた。

だというのに――。

身分も名も捨て、ロバル島に逃げてきた。

淑女の証のような長い髪はない。それどころか髪は手入れが行き届いていないので、ごわついていた。

麻の服は清潔ではあるが、ところどころ色落ちもしている。化粧もしていないし、肌は日に焼けていた。

今の自分が皇女時代、そして辺境伯夫人の頃のようなドレスを纏っても、ちっとも似合わないはずだ。

そんな皇族らしさのかけらもない今になって、皇女だと堂々と口にしているのが不思議だった。

男たちはマリーアの怯まない態度にたじろいではいるが、取り次ぎしてよいものか迷っているようだ。

「……マリーア様？」

そのとき、門の先にいる人影が、二年半ぶりに耳にする自身の名前を呼んだ。

「……アンナ」

八年前。ラトバーンに侍女として偽り、マリーアに同行した侍女……いや女兵士である。会うのはあれ以来だったが、顔つきはほとんど変わっていない。格好だけが、侍女服ではなく若い男性が着るような軽装に変わっていた。

「マリーア様。本当に、マリーア様なのですね」

アンナは目を丸くさせ、駆け寄ってきた。

「生きておられたのですね。……ゲルト様の信じていたとおりだった……」

「ゲルト……？」

「ええ。ゲルト様はあなた様が行方不明になってからずっと、探しておられたのです。ようやく手がかりを見つけられて……まさか本当にお会いできるとは。お元気そうでよかった」

「アンナ。昨日、海兵の男を捕らえたと聞きました」

ゲルトがずっと探してくれていたと知り、申し訳ない気持ちになるが、今はそれどころではない。

「ええ……マリーア様」

彼の話題を出すと、アンナの顔が訝しむような表情から不快げなものに変わった。

「偶然ではないのですね」

ラトバーンの元王太子とマリーアがともにいたことを怪しんでいるのだろう。

出会ったのは偶然だ。しかしその件は彼女ではなく、コウル軍の指揮官に説明したかった。

「あなたの上官に会わせてください。コウル軍は、あなたが指揮しているわけではないのでしょう？」

「軍隊ではありません。……船員を借りはしましたが、兵は私を含めて五人だけです。……ここではなんですから。行きましょう。案内します」

門の兵士にアンナは軽く会釈をし、マリーアを駐屯地の敷地内へと誘う。

マリーアは彼女のあとについて行く。

「私たちはコウル軍として、ロバル島に来たわけではないのです。あの方の個人的な依頼で、同行しました」

「……あの方？」

「ゲルト様です」

マリーアは思わず足を止める。

前を歩いていたアンナが、マリーアが足を止めたのに気づき、振り返った。

「マリーア様。ゲルト様はあなた様の行方の手がかりを見つけて、この島に来たのです。……細い糸に縋るかのように」

アンナは妙に冴え冴《さ　ざ》えとした目で、マリーアを見ながら言った。

「私の手がかり……ならば、なぜ彼は……」

「驚きました。船内を調べに来た海兵の中に、ラトバーンの王太子とうり二つの者がいて」

「彼を……捕らえに来たわけではないのですか……？」

「ええ。あなたの行方を捜索する中で、偶然、私たちは王太子が生きていることを知ったのです」

冷水を浴びたかのごとく、血の気が引いた。

――私のせい？　私のせいで、彼が捕まったの？

「マリーア様、あなたはなぜ、姿を消したのですか？　なぜ、ラトバーンの王太子がここにいるのです？　彼があなたを拐《かどわ》かしたのですか？」

青ざめているマリーアに、アンナが矢継ぎ早に問いを投げかけてくる。

「あなたは……ゲルト様を愛していたのではないのですか？」

——マリーア様は……ゲルト様がお好きなのですか？

かつて、彼女にそう質問をされたことがあった。けれどあのときとは違い、アンナの瞳には責めるような色がある。

全てを放り出し、逃げ出したのを責められるのはわかる。ルカーシュとともにいたのを怪しみ、責めたくなるのも理解ができた。軍に属している彼女からしてみれば、マリーアは己の立場も弁えぬ国賊のようなものだ。

しかしなぜゲルトの名が出てくるのかがわからない。

「私は……ゲルトが好きでした」

真剣な顔でこちらを見るアンナを、マリーアは見返し言う。

ゲルトへの気持ちを言葉にするのは初めてだった。

「けれどあの日。父に命じられ、私はラトバーンに嫁ぎました。ゲルトへの想いを吹っ切れはしなかったけれど、諦めるしかなかった。皇女として、父のために、国のためになれるのだと……私はコウル皇国の皇女として誇りをもって嫁いだのです」

あの日の胸の痛みを思い出す。

肌に打ちつける雨粒の冷たさを、冷えていく心を思い出す。

「自分が名ばかりの皇女だとは知っていました。最初から、捨てるための駒なのだと教えられていたら……あれほどには傷つかなかったのかもしれない。父や国にとって価値があるのだと、そう思ってしまった自分が……ひどく滑稽だった」

必死で皇女としての務めを果たそうとしていた自分が愚かに思えた。

「辺境領での生活は……ただ日々が過ぎていく。それだけでした。夫である辺境伯には愛人がいました。私の存在が目障りだったのか、腹立たしかったのか、どうでもよかったのか……夫は私を無視し続けました。だから――五年連れ添った夫が亡くなっても、悲しくもなんともなかった」

夫が亡くなったとき、最初に思ったのは『自分はどうなるのだろう』という心配だった。子どもがいないため、辺境伯夫人として辺境領に残ることは難しい。

寒々しくはあったけれど、辺境領での静かな生活がなくなることに怯えていた。

「王都に戻り、再々婚するように命じられ……私は自分の未来が虚しく思えました。……皇族に生まれたからには、責務を果たすべきなのでしょう。けれど――私は人形のように意思を持たず、駒であり続けることに我慢がならなくなった。それに耐えきれず、逃げ出したのです」

「……ま、待ってください。マリーア様、もしかしてご存じなかったのですか」

アンナが動揺を露わに、口を挟んだ。

「何をです？」

「ゲルト様が……」

と言いかけて、ハッとしたように口を噤《つぐ》んだ。

「アンナ？」

「いえ……何でもございません。マリーア様、あなたはご自分の意思で、コウル皇国から逃げられたのですね。……ラトバーンの王太子は無関係だと？」

「彼とは……こちらに来て再会しました……偶然です」

偶然だった。

偶然に会い、今まで互いに名乗り合ってすらいない。

知っていることを知りながら、名を明かさずに身体だけを重ねた。

「……マリーア様は……あの者を慕っておられるのですか？」

マリーアの心を探るように、アンナが問う。

彼がなぜ自分に会いに来るのか。触れてくるのか。

再会し、多くの時間をともに過ごし幾度となく身体を重ねてきたが、彼の真意はわからないままだ。

瑠璃色の双眸は冷たく、その奥にある感情が見えない。ただ、触れてくる指は優しかった。

彼の心だけではない。マリーアは自身の気持ちもはっきりとわからないままだった。いや――気づいていたけれど、その気持ちから目を逸らしていた。

彼を失うかもしれないという怖れからか、それとも長年誰にも打ち明けなかったゲルトへの想いをはっきりと言葉にしたからか。

アンナに問われ、迷うことなくマリーアは頷いた。

「ええ。だから……命乞いをしに来ました」

見ず知らずの兵であれば、マリーアの願いを聞き入れてくれる可能性は低い。しかしゲルトならば――もともとマリーアの捜索のためだけに来ているのならば、彼を見逃してくれるかもしれない。

「……マリーア様。……ゲルト様は、王太子の命と引き換えに、あなたの意に添わぬ結婚を強いるかもしれませんよ」

「彼を解放してくれるのなら、構いません」

もう逃げ出したりはしない。

父には逆らわない。新たに夫になる者にも決して刃向かったりしない。それで彼の命が奪われずにすむのなら、何だってできる気がした。

決意を込めて言うと、アンナは目を逸らした。

「行きましょう。……あの者のことはゲルト様に頼んでください」

アンナが歩き始めたので、マリーアもあとに続いた。

「ゲルトは妹と……クリスティーネと結婚したのではないのですか？」

妹と結婚したならば、それなりの立場を得ているはずである。マリーアの捜索でロバル島に訪れる暇などないはずだ。

「どうしてそのような誤解を？　あの方は未婚です」

気になって訊ねたのだが、アンナは即座に否定をした。

皇女が降嫁するという噂があったが、根も葉もない噂だったようだ。

ゲルトは確か、三十二歳になるだろうか。貴族で、軍人としてそれなりの地位にある男性がその年齢まで未婚というのは珍しい。

——もしかしたら……アンナが恋人なのかしら。

身分差があり、結婚をできずにいるのかもしれない。

マリーアが口を出せることではない。けれどゲルトたちには幸せになって欲しいと思った。

訓練場らしき広場が見える回廊を歩き、屋舎の中に入る。

屋舎に入ってすぐのところに頑丈な扉があった。

アンナがノックすると、「はい」と答える声がする。低いその声に、マリーアは懐かしい気持ちになった。

扉が開かれる。

貴族の屋敷などとは違い、装飾の類いは一切ない。石壁の薄暗い部屋だった。

中には二人の男性がいた。長身の軽装姿の男が窓際に立っていて、長椅子には見慣れない、こちらも軽装姿の男が座っていた。

窓際にいた男性がマリーアの姿を見て、目を大きく見開く。

黒髪に黒い瞳。冷たげだけれど整った容貌。ゲルトもまた、アンナと同じで八年前とあまり変わっていなかった。

「……マリーア殿下」

「……ゲルト」

「ご無事で……生きておられたのですね」

「ええ……心配をかけました。ゲルト、昨日、捕らえられた者について……話があります」

ゲルトの眉が寄る。

「うかがいましょう」

ゲルトはそう言うと、長椅子に座っている男に目配せをした。

男は立ち上がり、部屋から出て行く。アンナもまた、心配げな顔をしながらも軽く一礼をして退出した。

部屋に二人きりになる。

かつて――まだ幼かった少女の頃。皇宮の庭を一緒に歩いた。孤独だったマリーアにとって、その時間は特別なものだった。

ゲルトはマリーアに近づいてくると、手を伸ばし髪に触れた。

「髪をどうされたのです？」

「働くのに邪魔なので、切りました」

「働く？　労働をされているのですか？」

「働かなければ、食べてはいけませんから……それよりも、ゲルト。……彼を見逃してはくれませんか？　彼を追って、ロバル島に来たわけではないのでしょう？」

「……ええ。目的はあなたでしたが……死んだはずのラトバーンの王太子がいた。最初は見間違えかと思いましたが、アンナも似ていると言うので……本人に確かめたら、あっさりと認めました」

——あっさりと認めた？　どうして……。

誤魔化しても無駄だと思ったのか。それとも。

指の震えを抑えるため、マリーアは両方の手を重ねた。

ゲルトの視線が、マリーアの手に落ちる。

「あなたが消えたあの日からずっと……私はあなたを探し続けていました」

ゲルトは引き絞るような声で言うと、胸元から何かを取り出した。

彼の大きな手のひらの上には、見覚えのあるものがあった。

あの日。船に乗るのと引き換えに、フラビオに渡した翠玉の指輪だった。

ゲルトに差し出され、マリーアは指輪を受け取る。

「当初は――あの馬車の傍にあった遺体があなただと思われていました。不運にもあの嵐の雷でお亡くなりになったのだと。しかし調べているうちに、あの馬車にはもう一人、老いた侍女が乗っていたことがわかった。辺境領のあの森は整備されているため、野犬など危険な獣はいない。盗賊や人買いなども出ない。ならば、あなたはどこにいるのか。予期せぬ事件に巻き込まれたのか――必死で捜索しました」

ゲルトは流暢《りゅうちょう》に事の経緯を説明する。ゲルトはマリーアの前では、口数が少なかった。こんなに喋っているのを見るのは初めてだ。

溜まっていた鬱憤を吐き出しているように感じる。

マリーアは都合のよい、けれど価値のない駒だ。再々婚先が用意されていたとはいえ、いなくなったらいなくなったで、すぐに忘れ去られるだろうと安易に考えていた。

あの日逃げ出したことに後悔はないが、必死な捜索が行われ、労力がかけられていたと知り、申し訳ないと思った。

「あなたらしき者を港付近まで乗せたという村人がいたが、その後の行方が知れない。皇太子殿下はあなたが自ら命を絶たれたのではと疑われていました。あの辺りには岬もあり、海に落ちれば、遺体は滅多なことがなければあがりませんから。私はそれでも……諦めることができませんでした」

申し訳なく思っているのに……その話を聞き、自死したと諦めてくれていたらと、苦く感じてしまう。身勝手だとわかっているけれど、探さないで忘れてくれるほうがよかった。

「この指輪を手に入れた者に会ったのは、半年ほど前のことです。出所を追い、行商人がロバル島行きの船に乗っていたのを突き止めた。あなたがこの指輪を行商人に売ったのか、それともあなたを捕らえた誰かがこの指輪を売ったのか……それを確かめるために、ロバル島に来ました」

「これは……私がコウル皇国を出る際、船に乗るために、船賃として差し出したものです」

「……殿下」

「殿下と呼ぶのは止めてください。私はもう皇女ではありません。辺境伯に降嫁したときに、皇女ではなくなりました」

「降嫁されようとも、皇帝陛下の血を引く皇族であるのには変わりがない」

ゲルトの言葉に、マリーアは薄く笑った。

「そうですね。だから……逃げたのです。無責任だと詰ってくれて構いません。けれど、私はもう、皇族だからという理由で利用され続けたくなかった。耐えきれなかったのです。自死こそしませんでしたが、死んでもよい覚悟で国を出ました」

「……それほど皇族であるのがお嫌だったのに、どうして逃げ隠れもせずに、私の前に？」

最初に彼の件を話したのだ。理由はわかっているだろうに。僅かに嫌味を含んだ質問に、マリーアはゲルトの怒りを感じた。

「彼とは……半年前に会いました。……あの人は、コウル皇国に害をなそうなどと思ってはいません」

陸にいるときは頻繁に会っていたが、海に出ているときの彼をマリーアは知らない。けれどフラビオは、カンデールの海兵として真面目にやっていると言っていた。そもそも海に出れば、船から降り、誰かと連絡を取ることはできないはずだ。

カンデールが彼を利用し、コウル皇国相手に戦を仕掛けようとしているとも思えない。国力の差はもちろんのこと、この国はコウル皇国と違い独裁者は存在せず、民意が尊重される。好んで戦いたがる民などいやしない。

「半年前に会ったばかりで、何がわかるというのです。あなたを利用するつもりなのでは？」

幾度も身体を重ねたけれど、気持ちを口にしたことも、されたこともなかった。

彼が自分をどう思っているのかはわからない。

コウル皇国を憎んではいたのだろうし、復讐心もないとは言い切れない。けれどマリーアに触れてくる指は優しかった。

瑠璃色の瞳は冷たく凍えていたが、その奥にあるのは憎しみの炎ではなく、霧雨のような静かな悲しみだった。少なくともマリーアにはそう見えた。

利用するつもりがあるのならば、もっと巧みに接したであろうし、それに——。

「私に国……父を脅かすほどの、利用価値がありますか？」

マリーアの命を、父は惜しみはしないだろう。

人質としての価値はない。

国に連れ帰れば報奨金くらいは出るかもしれないが、それだけだ。

「サダシア共和国はラトバーン王家が国主であったときよりも、栄えていると聞きます。ラトバーンの王太子が生きていたところで、民は彼を支持しないでしょう」

ラトバーン王国が滅びサダシア共和国になってからは、コウル皇国の庇護の下、国は年々豊かになっているという。

もともとあれは侵略ではなく革命だった。ラトバーン国王への不満から民が起こした反逆だったのだ。ルカーシュは王ほど憎まれていなかったとはいえ、今更、コウル皇国を敵に回してまで、彼に加担する者はいないはずだ。

王太子の生存が明るみに出て困るのは、ラトバーンの元臣下たちが国の中枢にいるサダシア共和国だ。

亡くなったと偽り、コウル皇国側を欺いていたことになる。

コウル皇国がサダシア共和国に圧力をかける一貫として王太子の捜索をしていたのならば、マリーアがどれだけ懇願しようとも、彼は解放されない。

けれどマリーアを捜索する中で、偶然彼を見つけただけならば――。

「彼が目的ではないのなら、捕らえる必要はないはずです。カンデールの兵士でいるのも、生活のためです。今の彼は、ただの……平民に過ぎません」

マリーアが言葉を重ねると、ゲルトは考え込むように目を閉じた。

「ゲルト……。もし、彼を見逃してくれるのならば、私は大人しく皇都に帰ります」

「見逃さなければ、帰らない。そうおっしゃりたいのですか？」

「ゲルト、あなたは父の命を受け、私を探しに来たのでしょう？　ならば私を連れ帰ることが最優先のはずです」

「あなたがそのような駆け引きをするというなら……あなたを攫ったとして、あなたの周りにいる者たちを皇族の誘拐罪で捕らえるよう、カンデール側に要求することもできるのですよ」

マリーアは顔を強ばらせた。

調べが進めばマリーアの密航の手助けをしたのが、フラビオだと行き当たるだろう。

密航者だと知りながら雇っていたベリンダも裁かれるかもしれない。

「……私は……あなたに、頼むことしかできません……どうか、ゲルト。彼が生きているとコウル皇国に伝えないで……彼を、もう二度と……失いたくないのです」

手のひらの中にある指輪をマリーアは握り込んだ。

沈黙が流れ、しばらくしてゲルトがマリーアの手首を掴んだ。

「……ゲルト?」

ゲルトは険しい顔でマリーアを見下ろしていた。

「あの者を見逃せば、私に従い、大人しく帰国してくださると。そう約束してくださいますか?」

「約束します。もう二度と、逃げ出すような真似はしません。生涯、国のため父のために尽くします」

「意に添わぬ婚姻にも従ってくださると?」

マリーアを掴む手に力が籠められる。

「……ええ」

ぎりぎりと締め付けられ怯みそうになるが、マリーアは見下ろす闇色の瞳をしっかりと見上げ頷く。

約束を取り付けて満足したのか、ゲルトが掴んでいた手を離す。

あまりに強く掴まれていたせいか、手首が痺れ、痛みはしばらく消えなかった。

マリーアは一度だけ彼に会わせて欲しいと頼んだ。

ゲルトにラトバーンの王太子の生存を黙っていてもらうのだ。

後になり生きていると父に知られたら、ゲルトにも迷惑がかかる。

彼にも今回の件を秘密にするよう、納得してもらわなければならない。

ゲルトたちはコウル皇国の正式な使節ではなかったが、皇太子の使者として入国をしていた。

そのためロバル島領主からは賓客《ひんかく》として扱われ、軍営地の一角にある客人用の施設を使っていた。

彼もこの建物の一室にいるという。

「こちらです」

先ほどの部屋の奥。赤銅色の扉の前でゲルトは立ち止まる。

「二人で、話しても？」

ゲルトは渋い顔をする。

「長くは話しません。少しだけです」

「……扉の前にいます。腕を縛ってありますが、危険を感じられたらすぐにお呼びください」

マリーアを囮にして、彼が逃げ出すのを案じているのだろう。

――腕を縛られていなくとも、彼は逃げはしない……。

そう確信しながらも、マリーアは頷く。

ギイッと軋んだ音を立て、扉が開いた。

牢獄のような寒々しい場所を想像していたが、中は簡素なだけの普通の部屋だった。

扉付近の椅子に座っていた男が、立ち上がる。

「様子はどうだ？」

「何を訊いてもだんまりです」

ゲルトが男に目配せをする。男は不審げな顔でマリーアを一瞥しながらも、ゲルトの指示に従い、部屋を出て行った。

「拘束を解いてはなりません。少しの間だけです」

ゲルトは眇めた目を部屋の奥に這わせて言う。

マリーアが頷くと、部屋を後にした。

ギイッと軋んだ音が再び鳴って扉が閉まる。

彼は部屋の奥で、壁にもたれ掛かるようにして床に座っていた。

怒りも悲しみもない。驚く風でもなく——ただ、感情のない冷たい眼差しでマリーアを見ていた。

マリーアはゆっくりと歩を進め、彼の傍でしゃがんだ。

彼はゲルトが言ったとおり、両手を後ろで縛られていた。顔色は悪くないし怪我などもない。ゲルトが虜囚に無体なことはしないだろうとは思っていたが、無事な姿にほっとする。

「……ごめんなさい……」

マリーアは消え入りそうな声で謝罪をした。

「……あなたが謝ることはない」

彼の声音は冷たい眼差しとはうらはらに、驚くほど穏やかで優しかった。

胸が熱くなり、涙が溢れ、零れ始めた。

泣いては駄目だ。泣く権利など自分にはない。そう思っても、止めることができない。

「……ごめんなさい……ごめんなさい」

俯くと、涙の粒がポツポツと彼の膝に落ちて、衣服に染みを作った。

ラトバーン王家が滅びたことを詫びているのか、自分のせいでこうして捕まってしまったことを詫びているのか、マリーア自身もわからなかった。

「マリーア。顔を上げて」

「……ルカーシュ様」

八年ぶりに名を呼ばれた。だからマリーアもずっと呼びたくて、呼べなかった名を呼び、顔を上げた。

「あなたは悪くない。ラトバーンが滅びたのは、王家の無能な政策のせいです。民はコウル皇国を恨んではいない。感謝をしているくらいだ。……善と悪があるとしたならば、どちらが悪か。彼らはみなラトバーン王家が悪だったと答えるでしょう」

自嘲するように笑みながら、彼——ルカーシュが言う。

「おれは……。……僕はあの日……父が民の手により裁かれたあの日、王太子として死ぬべきでした。生かされ、逃げ延びはしたが、あの日からずっと……恥じながら、生きている。こうして捕まってしまったことをあなたが悲しむ必要もないのです。あの日の間違いが正されるだけの話なのだから」

誰からも顧みられることのなかったマリーアとは違い、ルカーシュは王族として誇り高く過ごしていたのだろう。初夜での言動もだが、翌日の侍女たちの会話からも彼が王太子として国のために尽くしていたのが想像できた。

あの日マリーアは、自身が捨て駒だったと知り皇女としての矜持を傷つけられ、己を恥じた。

民と臣下により父王を弑逆され、国を追われた。彼もまた……いや、マリーアとは比べものにならないくらいの、苦しみと虚しさがあったに違いない。

「だから……抵抗したり偽ったりせず、ラトバーンの王太子だと認めたのですね」

彼は裁かれたかったのだ。この八年間、裁かれる日を待っていたのだろう。

ならば――マリーアの願いは、ルカーシュにとって迷惑なだけだ。

けれどそれでも、願わずにはいられなかった。

「……覚えていますか？　あなたは以前、私に恋をしたことがあるかと訊ねられた」

ラトバーンで初めて彼と話した夜。彼はそうマリーアに問いかけてきた。

「あのとき、私には少女の頃から密かに思っている方がいました。けれど父から婚姻を命じられ、恋心を割り切ることができないまま……ラトバーンに行き、あなたと結婚をしました。国のためと覚悟をしながらも、本当は逃げたかった」

マリーアは震える指でそっとルカーシュの頬に触れた。

「けれどルカーシュ様……私は、今、あなたに恋をしている」

「……マリーア」

瑠璃色の瞳を見つめると、ルカーシュは視線を揺らす。

「ゲルトたち……コウル皇国の兵たちは、あなたが生きていると知って捕らえに来たのではないそうです。偶然、あなたを見かけただけだと……だから、あなたが今までどおり、隠れて暮らしていくのならば、解放してもよいと」

「マリーア。僕は」

「もう……あなたを失いたくない。これは私の我が儘です」

彼は生よりも死を望んでいる。けれどどれだけ屈辱的で、苦しくて辛かろうとも生きていて欲しい。

あの嵐の日。マリーアがコウル皇国から逃げ出したことで、ゲルトをはじめ、みなに迷惑をかけてしまった。

密航を手助けしてくれたフラビオや、カンデールで生きていく術を教えてくれたベリンダ。彼らに迷惑がかかってしまうと思い至らなかった。国同士の問題に発展してしまう危険性すらあったというのに。

だというのに、愚かな真似をしたと反省しながらも、心の底ではコウル皇国に帰りたくないと思っている。

せっかく得た自由を、失いたくない。

ルカーシュとは違い、皇族としての誇りなどない。人として、正しくありたいという強さすらもなかった。

名前を捨て、以前より強くなれた気もしていたけれど、マリーアは変わらず弱く愚かなままだった。

「あなたが生きていてくれるのであれば、私は皇都に戻っても胸を張って生きていける」

この先もきっと弱いままなのだろう。

父に刃向かうどころか、意見ひとつ言えず、周りの者たちを味方につけ強かに生きることもできない。

煙のように揺れながら、頼りなく、生き、消えていくのだ。

けれど——感情のない人形のように誰にも必要とされなくとも、かつてのように虚しくなったりはしない。

ルカーシュが僅かに目を伏せ、口を開いた。

「……ラトバーンが滅びたのはあなたのせいではない。あなたが悪いわけではないし恨んでもいないはずなのに……あなたを抱いてしまった。……あなたを見ると、自分が抑えきれなくなる。日に日に執着だけが強くなった」

訥々《とつとつ》と言葉を重ねる。

「ラトバーンでの日々や、失ってしまった未来に固執しているのか。皇族でありながら、このようなところにいるあなたを放っておけないのか……あるいは、僕が失ったものを、事情があれ自ら捨てたあなたが許せないのか。……あなたへの想いは複雑で……いや、答えは簡単で、ただ、それに気づくのが怖かったのかな」

ルカーシュは力なく笑った。

「ずっと、こんな日が続けばと思っていました。……僕もあなたに恋をしています、マリーア」

寂しげな顔で告白をされる。

すぐに別れが待っている。それでもマリーアは嬉しかった。

恋をして、恋をしてくれた。

想いが通じ合っている。まるで奇跡のようだ。

「生きてくれると、約束してくださいますか？」

「……ええ。あなたが望むのなら」

マリーアが微笑むと、彼も穏やかな笑みを返してくれた。

懐かしい微笑みに胸がいっぱいになる。

マリーアはもうひとつ謝らねばならぬことを思い出し、ゲルトから渡された指輪を彼に見せた。

「あなたから預かった大切な指輪なのに……私は、コウル皇国からカンデールに密航するのと引き換えにフラビオさんに売り渡してしまいました。ごめんなさい」

「……指輪があなたの役に立ったのならよいのです」

「……いつか、この指輪に相応しい人に出会えたなら……渡してください」

マリーアはそう言って、指輪をルカーシュの胸ポケットに入れる。

「あなた以上の人に、会えるとは思えないけれど」

「ルカーシュ様ならきっと……もっと美人で、可愛らしくて、明るくて賢くて、優しい方に出会えます。そしてその方が、あなたを誰よりも幸せにしてくださる。……少し嫉妬してしまいそうです」

「まだ、出会ってもいないのに？」

「ええ……。私が嫉妬してしまうくらい、幸せになってください。……大切にしていた宝石には想いが宿る……以前、仰っていたでしょう？　きっと私の想いが、あなたやあなたの大切な人を災厄から守ってくれます」

初夜のあと。指輪を嵌めてもらったときに、彼が言っていた。

二年半前に手放してしまった指輪だったが、それまでは肌身離さず大切に扱っていた。

──迷信かもしれないけれど……それでも……。

マリーアは指輪を入れた彼の胸に手を宛がい、目を閉じて祈った。

◆　◇　◆

「え？　それって、どういうことです？」

王太子を解放することにした。ゲルトがそう告げると見張り係だった男が目を丸くした。

「王太子を解放すれば、大人しく帰国してくださると約束された」

「マリーア様がですか？」

「ああ」

男は複雑そうな目でこちらを見た。

ラトバーンにマリーアが嫁いだ際、この男もゲルトの部下として一行の中にいた。

ほんの僅かな期間だけ夫婦であった二人が、ロバル島にともにいる。出来過ぎた偶然を皮肉に感じ、二人の関係を詮索したいが、踏み込むのは躊躇う。そのような顔つきだった。

ゲルトもまた──この偶然を忌々《いまいま》しく思っていた。

マリーアの手がかりを探しに、ゲルトはロバル島を訪れた。入港の検査のために現れた兵の中に、死んだはずのルカーシュ・ラトバーンとよく似た兵士がいた。

ゲルトがルカーシュを見たのは、八年以上前のことだ。

一度見たら忘れそうにない綺麗な面立ちは似ていたが、髪の色が違うのもあり印象が異なる。雰囲気も違う。別人かと思ったが、彼の顔を見たことのあるアンナも似ていると言い出した。

そして念のため本人に問い質すと、あっさりとルカーシュだと認めたのだ。

マリーアの婚姻に同行したとき、ゲルトはルカーシュと一度だけ近くで対面し、短かったが話をした。

「マリーア殿下はどのような方ですか？」

謁見の間にラトバーン王は不在で、代わりに王太子がいた。

コウル皇帝からの書簡を渡し、今後の日取りなどの確認をしたあと、王太子は朗らかな笑顔を浮かべ、訊いてきた。

己の足下が崩れかかっていることに気づいていない。もうすぐ死ぬというのに、暢気《のんき》で愚かな男だと思った。

「穏やかで優しいお方です」

ゲルトは当たり障りのない返答をした。

「そうですか」

微笑みを浮かべた男が……一夜だけとはいえ彼女の夫になる男が、ゲルトは憎々しかった。

「皇太子殿下には何と？」

過去に思いを馳せていると、部下が訊いてくる。

「今更、コウル皇国に連れ帰るほうが困るだろう」

本人が認めたので拘束はしたが、サダシア共和国とコウル皇国の関係は良好で、連れ帰り生存を明らかにすることは、普通に考えればあり得なかった。

八年以上の月日が経っていることを掘り返し、軋轢《あつれき》の原因になるほうが厄介だったからだ。

ヨハン——コウル皇国の皇太子の返事を待たねばならないが、見逃すか、あるいは秘密裏に処刑するか。そのどちらかになる、あるいはそのどちらかをゲルトに一任してくると予想していた。

「とりあえず、すぐ……明日にでも、マリーア様を皇国に送る。準備をしてくれ」

マリーアの護衛はアンナたちに任せるか、それとも彼らを残し、自分が送り届けるか——。

ルカーシュの処罰はこの手で行いたい。しかし、ようやく手に入れた彼女を再び失いたくない。一時も目を離したくなかった。

ゲルトは扉を一瞥する。

この向こうでどのような話をしているのか。彼女の願いを聞き入れたものの、苦く腹立たしい。

「殿下の返答を待たずに解放するということで？」

「……解放することにしたと言っただろう」

「ああ……そういうことですね……しかしまあ、マリーア様、お元気そうでよかったですね。皇太子殿下も喜ばれるでしょう」

ゲルトの言葉を正確に理解した男は薄く笑み、肩を竦めて話を変えた。

「ああ」

「少し見違えましたけど」

マリーアが行方不明になり、ゲルトは彼女の生存を信じ必死で捜索した。

生きていてくれることを、その身が健やかであることを願っていた。

しかし――無体な目に遭っていなかったことに安堵しながらも……無体な目に遭っていてくれたほうがよかったとも思う。

彼女が行方を消すひと月ほど前。

彼女に気づかれないよう、ゲルトは遠くから彼女を見た。マリーアは感情のない顔つきで、鉢植えの手入れをしていた。

白く青ざめた顔。暗い瞳。痩せた身体。陰気で儚げな姿を見たゲルトは、哀れな彼女を慰めるのを、マリーアの孤独な心を自分が癒やす、そのときを想像し愉悦した。

だというのに――。

再会したマリーアはあの頃とは全く違っていた。

日に焼け、長い髪は短くなっていた。あの頃より溌剌としていて、その眼差しは確固たる意思を持って輝いていた。

自分の知らぬ場所で、自分の知らぬ者の手で、あのような変化をしたマリーアが腹立たしい。

どうせならば娼婦にでもなり、ボロボロになっていたほうがマシだった。

「ゲルト様。少しよろしいですか」

不穏な想像を巡らせていると、アンナが現れる。

「お話ししたいことが」

「あとで聞こう」

「今、お話ししたいのです」

アンナはちらりと扉のほうを見て、言う。

マリーアについて話をしたいのだろう。

「おかしな真似はしないだろうが……何かあれば呼んでくれ。すぐに戻る」

見張り役の部下に命じ、アンナとともに部屋へと戻る。

話し声が聞こえぬように扉は閉めたが、距離は離れていない。大声で呼ばれれば聞こえるので、マリーアに何かあれば、すぐに駆けつけられる。

「話とはなんだ？」

「ゲルト様、あなたはマリーア様をいったいどうなされるつもりなのですか」

皇都に連れ帰るに決まっているだろうとアンナを見下ろすと、彼女は責めるような目でゲルトを見返した。

「マリーア様は……あの者を慕っておられます」

わざわざ言われなくともわかっている。

マリーアは半年前にあの男と会ったと言っていた。偶然にしては出来過ぎている。運命の悪戯《いたずら》のようだ。

別れるしか未来のない彼らにとっても不運であるし、ゲルトにとっても不愉快だ。

「死んだはずの男と出会い、同情をされているだけだ。新たな生活を始めれば、すぐにお忘れになる」

「間違っていたのではありませんか？」

「間違い？」

「あなたがなさったことは、ただいたずらにマリーア様を傷つけるだけだった。そのせいで、マリーア様は行方をくらまし、あの者に心を移された。違いますか？　ゲルト様……いえ、お兄様」

アンナはゲルトの父が、平民との間に作った庶子であった。

異母妹がいるのは知っていたが、アンナは平民の母とともに暮らしていたため、会ったことがなかった。会ったのはアンナが女の身でありながら、兵士学校に入ってからだ。

女性の兵士はまだ数が少ないため、好奇の目で見られる。男だらけの集団の中にいれば、不愉快な目に遭う可能性もあり、ゲルトは目に届く場所に異母妹を置くようにした。

近しい場所にいるようになり、アンナのゲルトへの態度は以前よりも他人行儀になり、線引きするように、ゲルトを兄としてではなく上官として敬い始めた。

『兄』と呼ばれるのは、出会ったばかりの頃以来であった。

「マリーア様の身を思ってのことだ」

妹の非難もわからなくはない。ゲルトとてマリーアを傷つけている自覚はあった。しかしそれら全ては、彼女のためであった。

「……マリーア様は……お兄様のことが好きだったと仰いました」

彼女から好意を持たれていたのは、ゲルトも知っていた。だからこそ——愛を知らず、みなから顧みられない孤独な姫君に、応えてやりたいと思ったのだ。

「マリーア様を本当に想っておられたのなら……もっと、お心に寄り添うことができたのではありませんか？　ラトバーンの一件だけではありません。行方不明になる前のこともです。陛下の目を気にされていたのはわかります。けれど話をする機会はあったはずです。マリーア様は……何も知らなかった。どうして、お兄様はマリーア様に何も言わなかったのです？」

ラトバーンの件はともかく、辺境伯の死後のことは明らかにゲルトの失態であった。それについては、ゲルトもこの二年半ずっと後悔し続けていた。

「人の心は脆《もろ》い。……言葉がなければ、不安になります。冷たい場所に置かれ続ければ、壊れてしまいます」

「壊れたならば、治して差し上げればよい」

傷つき疲弊したのならば、それ以上の幸福を与えてやればよい。今までの人生より、これからの人生のほうが長いのだから。

ゲルトの言葉に、アンナは首を横に振る。

「治したからといって、壊れた心は元どおりにはなりません。それに……マリーア様の傷は、お兄様ではなく、別の者が治してしまった。……マリーア様を見つけるのが、遅すぎたのです」

遅くはない。

ゲルトはアンナを怒鳴りつけそうになるのを、寸前のところで我慢する。

「……私たちは、やり方を間違えたのです」

アンナはゲルトが間違えた、ではなく、『私たちは』と言った。

ゲルトを責め、そしてゲルトの指示に従った自身を責めているようだった。――アンナは、ゲルトのしてきた行為の全てを知ってはいないというのに。

――違う。間違えてなどいない。ああするしか、なかった。運が悪かったのだ。

自分がしてきた行為が正しいとは思っていない。だがマリーアを手に入れるためには、あれ以外の方法がなかった。

二人がともに歩める未来のための犠牲だったのだ。

──彼を、もう二度と……失いたくないのです。

ひたむきな深い緑色の双眸が脳裏に浮かぶ。

──大丈夫だ。もともと俺のもとにあった心なのだ。すぐに、あの男のことなどお忘れになるはずだ。

彼女の心を取り戻す自信はあるのに、不安が押し寄せてくる。

間違ってはいない。間違ってはいないはずだ……そう思うのに、どこで間違ったのか、と。

どうすれば彼女を失わずにすんだのかと、後悔している自分もいた──。


──マリーア殿下はどのような方ですか？

穏やかで優しい方だ。そして……マリーアは皇女という身分にありながら、みなから遠巻きにされ、誰からも愛されず育った哀れな少女だった。

意思が希薄で、言葉数が少ない。おどおどとして、陰気だった。

一人でいるところを見かけ、あまりの哀れさから気にかけるようになった。

誰からも愛情を向けられなかった少女は、ゲルトに信頼を寄せるようになる。まるで、枯れた花に水をやっているかのようだった。

一縷《いちる》の希望に縋るかのような、ひたむきな色が緑の瞳に宿る。それを見ているうちに、ゲルトにとっても少女は特別な存在になっていった。

正規軍に配属されてから会える機会が減ったが、ゲルトの心にはいつもあの哀れな少女がいた。

庇護欲を感じていた少女に、明確な欲を伴う感情を抱いたのは、彼女が十七歳になった頃だ。

ゲルトは皇太子ヨハンに気に入られ、彼の護衛を受け持つようになった。

ヨハンは、自分と同じ父の娘でありながら、不遇な立場に置かれた異母姉に同情していた。皇帝や皇妃に意見もしたというが――皇帝はマリーアの名を出すと不機嫌になり、ヨハンの言葉を聞こうともしなかったという。

ヨハンは自分が親しくすることで、彼女の立場を強くしようと考えたらしく、頻繁に異母姉の元を訪ねるようになった。

ヨハンの護衛として、ゲルトもまた彼女とかつてのように頻繁に会うようになる。

幼かった少女は、淑やかな女性になっていた。しかし陰気でおどおどしているところは変わらない。そしてゲルトに向ける視線は、ひたむきさこそなくなったものの、淡い恋慕が浮かんでいた。

――彼女を手に入れたい。彼女を幸せにして差し上げたい。

自身の欲求を自覚したが、いくら皇帝に疎んじられているとはいえマリーアは皇女である。政治的な力のない侯爵家の、それも次男に降嫁など、あり得なかった。

しかし諦め切れないゲルトはヨハンに気に入られているのを足がかりに、皇帝にも取り入った。

聡明なヨハンは異母姉の想いだけでなくゲルトの想いにも気づいているようで、ゲルトが軍で力をつける協力をしてくれた。

ゲルトには出世欲などなかった。ただ彼女を手に入れたい。それだけのために、上を目指した。

だがそんなゲルトの気持ちをあざ笑うかのように、マリーアはラトバーンの王太子に降嫁することになった。

所詮は叶わぬ想いであったと諦めようとしていたのだが……皇帝はとある計画をゲルトに伝えた。

ラトバーンの臣下に手を貸し、王家を滅ぼす。争いの中でマリーアが危険に晒されても、見捨ててよいと言われた。

皇帝にとってマリーアは失っても困らない、価値のない駒であった。

いらぬ駒であれば、それを機に攫ってしまえばよい。戦火に紛れ、死を偽装し、二人で逃げるのだ。

マリーアに興味のない皇帝はすぐに諦めるだろう。

――それがおそらく……一番よい方法だったのだろうと、今になって思う。

しかしそのときのゲルトは、マリーアが正式なかたちで自分に降嫁するのが彼女の幸せに繋がるのだと考えた。

皇帝と皇太子に気に入られ、軍での立場も上がっていた。全てを捨てるには、自身の『今』が惜しい。彼女に平民のような生活をさせたくもなかった。

ゲルトは二人で逃亡する計画はせず、別の案を練った。

皇帝は見捨ててよいと言っていたが、ゲルトは彼女の身の安全だけは何としても守るつもりだった。

婚姻の翌日には、ラトバーン王家は滅び、マリーアはコウル皇国に戻る。

当時ゲルトは軍人としての地位はそれなりに上がっていたが、皇女との釣り合いがとれるほどでもなかった。

マリーアが皇帝にとっては価値のない駒であっても、貴族たちにとっては違う。皇族と縁を結ぶために、マリーアを欲しがる大貴族は少なくなかった。

役目を終え皇国に戻ったマリーアが、有力貴族に嫁ぐであろうことは予想がついた。

――釣り合わないのならば……彼女を傷物にして、価値を下げればよい。

マリーアは一夜だけの王太子妃だ。

本来ならば、初夜などする必要はなかった。

軍人という立場を偽り、侍女として傍に仕えていたアンナも……出国する際、皇妃じきじきに閨を避けるよう言われていたらしく、ゲルトの指示に不審げな顔をした。

「皇妃殿下から、月のものがあるのを理由にして、閨事は拒否するように言われています。……マリーア様には、お疲れのようですから初夜は後日にと……いくらでも言い訳はできます」

皇妃の命を無視することに不安を感じたのか、珍しくゲルトの命令に言い返してきた。

「皇妃殿下にはあちらが強要してきて、怪しまれないため、断り切れなかったとでも言えばよい」

「ですが……。……そもそもなぜですか？　ゲルト様はマリーア様を……大切に想っておられるのでしょう？」

「清い身でなくなれば、彼女の降嫁を願う声は少なくなる」

貴族、特に皇族と釣り合う身分の貴族ならば、花嫁の純潔は何より重んじられた。亡国の王太子に汚されれば、その価値は少なくとも今よりは低くなる。

妊娠する可能性もあったが、皇都には堕胎専門の腕のよい医師がいる。

彼女の純潔を他の男にやるのは不愉快であったが、二人の将来のためには仕方がない。

アンナは渋々ながらも、納得したようだった。

一夜、肌を交わしたところで、マリーアの心は変わりはしない。義務として抱かれるだけで、幼い少女の頃から温めていた心が揺らぐはずはない。ゲルトはそう確信していた。

翌日。雨に濡れ、燃えていく王城を呆然と見る彼女を目の当たりにしても、ゲルトは皇帝の所業に悲しんでいるだけだと、彼女の心は以前のまま、身体こそ汚されはしたが、心は清いままにゲルトを想っているのだと信じ込んでいた。

マリーアの降嫁を願い出よう。

皇帝に捨て駒扱いされ傷つき、好きでもない初めて会ったばかりの男に身体を暴かれた悲しみを、自分が癒やして差し上げよう。

そう胸を躍らせ、帰国したゲルトだったが——。

「お前も頭をよぎったのだが、ラトバーンを属国に加えたことで他国との軋轢が生まれるかもしれないからな。辺境伯との関係を強化しておきたい」

皇帝は降嫁を願い出たゲルトに「すまないな」と軽く詫び、マリーアと辺境伯の結婚を決めた。

苦々しくはあったが、夫となった辺境伯はマリーアとは親子ほどの年齢差があり、容姿も端麗でなかった。調べれば、どうやら男色家との噂があるのも幸いだった。

ゲルトは次こそは、と思った。次こそ失敗せず、彼女を手に入れねばと思った。

ラトバーンの一件で、地位を上げたゲルトは皇帝、皇妃、皇太子、そして皇女であるクリスティーネ。王家の者たちに気に入られるよう媚びを売りながらも、軍で求心力を得るために誰も引き受けたがらない任務を進んで受けた。

そしてその裏で、マリーアを手に入れる画策をしていた。

まずは辺境伯に近づき、彼女が皇帝から疎んじられていることを教えた。皇都の貴族間では周知の事実であったが、辺境伯は知らなかったらしい。

マリーアとの婚姻が、皇帝側から強引に進められたこと、マリーアの身が処女でないこともあり、辺境伯は皇帝に軽んじられていると思ったようだ。

皇帝へ反感を露わにできない代わりに、苛立ちはマリーアへと向けられる。

あまりに酷い目に遭わされても困るので、辺境伯の愛人である家令に近づき、彼の真意を探り、助力を請うた。

貧しい生まれである彼は、領地で暮らす家族のために辺境伯の言いなりになっているだけで、本来は同性愛者ではないという。

それどころか……立場こそ違うものの、哀れな存在であるマリーアに同情し、自身を重ね合わせ、ほのかな恋情を抱いていた。流石に想いを伝えるなどという愚かな考えは抱いていないようだったが、彼女のためならば協力すると言った。

全ては『マリーアのため』。

その大義名分のもと辺境伯がマリーアに興味を持ったり、暴力をふるったりしないよう、家令は気を配った。

そして——ゲルトの指示で、辺境伯の嫉妬を煽り鞭を打たせ、二度と消えぬ傷をつくった。

醜い傷痕のある女など、誰も欲しがらない。ゲルト以外は——。

これでいつでも彼女を迎え入れられる。

その準備を進めていたとき、皇帝からクリスティーネとの婚姻を匂わされた。

「以前、あれの降嫁を願い出ただろう。皇女が欲しいなら、クリスティーネをやろう。あれは辺境領でも蔑ろにされているようだ。お前を気に入っていたようだし、妹と婚姻したのを知れば、大層傷つくであろうしな」

正規軍を任せられるほどの立場になってはいた。

掌中の珠であるクリスティーネを降嫁させてもよいほど、ゲルトを評価しているのかと驚いたが……違った。

皇帝はゲルトや他の臣民が思っている以上に、マリーアを厭っていた。

興味がないから、いない者として扱っていたのではない。おそらく前皇妃への憎しみが、娘であるマリーアに歪なかたちで向かっていたのだ。

嬉しげに嗤う男に、ゲルトは顔を引きつらせた。

この男がいる限り、マリーアが幸せになる未来などないと確信した。

しかし確信したからといって、大国の皇帝相手にゲルトができることなどなかった。

そこまで本気ではなかったのか、やんわりと断ると、クリスティーネとの婚姻は免れた。だがマリーアに関しては、神に祈るしかなかった。

ゲルトの祈りが通じたわけではないのだろうが……。

皇帝が執務中に倒れた。医師によると脳の病らしく、年々悪化するだけで、回復の見込みはないという。

皇帝は血気盛んであると同時に、他国に影響力を持つ稀代の王だった。混乱を怖れ、病の床にあるのは、民、そして他国には伏せられることとなった。それと同時にヨハンの代に向けて、コウル皇国は動き始める。

ヨハンはマリーアとゲルトの仲に好意的であった。

ゲルトが望めば、婚姻を許してくれるに違いない。

諦めねばならないと思っていたマリーアを、この手にできる日がきた。

ゲルトは国が変わりゆく中、己の幸運を噛みしめ、計画を進めた。

辺境伯は持病があった。ゲルトは家令に薬を渡す。毒薬ではなかったが、持病のある辺境伯が口にすれば間違いなく死に至る薬だ。

罪を犯すのが恐ろしかったのか、僅かなりとも情があったのか。かなり躊躇っていたが、マリーアのためだと言うと、家令も己の手を汚す気になった。

そして――辺境伯は死に、マリーアは未亡人となった。

皇帝は生きてはいるものの寝たきりで、その権力はもうない。もっとも権力を持つヨハンはゲルトの味方だ。

言い寄ってくるクリスティーネは鬱陶しかったが、ゲルトとの仲は皇妃が反対していた。皇妃は身分第一主義者でゲルトを気に入ってはいたが、愛娘との結婚は許せないらしい。クリスティーネの夫はいずれ皇妃が選別して決めるであろう。

誰にも邪魔されることなく、晴れて彼女を妻にできる。

考えてみれば肌に傷をつけたことは無意味だったが……彼女の傷も含めて、愛して差し上げよう。そう思っていたというのに。

マリーアは自分の元へ向かう途中で、姿を消した。

あのときの自分の行為は、大きな失態だった。

降嫁先がゲルトだと知ったならば、マリーアは喜んでゲルトの元へと来ていたはずだ。その自信はあったものの……マリーアは自己評価が低く、三度目の婚姻になる。遠慮してしまう可能性もあったため、拒めないよう正式に決まってから伝えるほうがよいと判断した。

それが失敗だった。

もしくは、隣の領地にヨハンとともに滞在していたのだ。自ら迎えに行っていればよかった。そうすれば、マリーアとともに皇都に戻ることができた。

黒く焼けた馬車の残骸……そして焼け焦げた遺体を目にしたときの、絶望と後悔を思い出す。

のちにあれがマリーアではなかったと知り、ゲルトは安堵の涙を零した。必死で捜索した二年半。マリーアの死亡が公表され、ヨハンからは諦めよとの言葉をかけられた。しかし諦めることなどできなかった。

そうしてようやく手がかりとなる翠玉の指輪を手に入れたのが半年前だ。

その指輪はラトバーンでの初夜のあとから彼女が身につけるようになったものだった。石は小粒で、凝った作りではないものの、色と輝きが滅多に見ないほど美しい、希少な指輪だった。

一目で彼女の指輪だとわかった。

そしてゲルトは指輪を売った者を探しにロバル島を訪れた。

――再会する日を待ち望んでいたというのに……。

「ゲルト。最後に会わせてくれて、ありがとうございました」

話を終えて出てきたマリーアは、泣き濡れた顔をしていた。

礼を言われ、苦い気持ちになる。

「あなたには明日の朝、乗船してコウル皇国に向かってもらいます。……そのあとで、王太子を解放しましょう」

「はい。……こちらでお世話になった方がいます。お礼とお別れを言いに一度戻ってもよいでしょうか？」

護衛をつけるか自分がついていくか。ゲルトが考えあぐねていると、マリーアは力なく笑んだ。

「手紙だけでもよいです。渡してくれますか？」

「……ええ」

「ありがとうございます」

疲れ、諦めたような顔つきに、ゲルトは苛立つ。

思わず腕を掴むと、彼女は訝しげにゲルトを見上げた。

「ゲルト？　どうしたのです」

「指輪を……どうされましたか？」

苛立ちを彼女にぶつけるべきではない。

ゲルトは誤魔化すように、指輪について訊ねた。

「あれは、彼に返しました。私が持っていてよいものではないから……」

目を伏せ、彼女は小さな声で言う。

「マリーア様」

「大丈夫です、ゲルト。もう逃げたりはしませんから」

再会したときのマリーアは、見違えるように溌剌としていたというのに。

短い髪も、日に焼けた肌も変わっていない。しかしその姿は先ほどとはまるで違っていた。

目の前にいるのは、ゲルトのよく知る陰気で暗い、覇気のないマリーアだった。


マリーアの護衛は、アンナに任せることにした。

アンナにしろ他の部下たちにしろ、長い間ゲルトの手となり足となり仕えてくれていた。ゲルト自身に意見はしても、余計なことをマリーアに言いはしないだろう。

考えたすえ、明日は他の者たちにマリーアを任せて帰国させ、ゲルトは一人ロバル島に残るつもりでいた。

日が落ちかけてきた頃。

ゲルトは見張り番を交代するため、ルカーシュの元を訪れた。

ルカーシュは捕らえられたときのまま、床に座っている。

少し前に食事を運ばせていた。そのときには外したが、今は後ろ手に縛ってある。

ルカーシュが顔を上げ、ゲルトを見据えた。

「……彼女は……いつ、ロバル島を去りますか？」

落ち着いた声で訊ねてきた。

「明日の朝だ」

「そうですか」

声にも表情にも落胆した様子はなかった。悔しがったり怒ったりもしていない。

——マリーア様一人で盛り上がっていただけなのか……。

愛する女性を失うというのに、感情の乱れがない。ゲルトは違和感を覚えた。

マリーアは否定していたが、何か目的があり彼女に近づいたのだろうか。

おそらく、彼はマリーアのコウル皇国での扱いを知らないのだろう。

——コウル皇国や、王家を裏切った臣下たちへの復讐ではなく、マリーア様を利用し、金でも得ようとしたのか……。

利用されていたと知らず、この男を愛したマリーアは愚かで哀れだ。

男の本性を知れば、彼女の心は再びゲルトに傾くに違いない。

そう思い、心の中で愉悦の笑みを浮かべていたゲルトだったが……僅かな沈黙のあと、口を開いたルカーシュの言葉に心が冷えた。

「私が死んだことは、彼女には決して伝えないでください。私の願いはそれだけです」

双眸が凪いだ海のような静けさで、ゲルトを見上げていた。

「……あなたは解放する。そうマリーア様と約束をした。聞かれてはいないのか？」

「彼女を帰したあとで、私を処分するのでは？　生かしておいたところで、あなた方に得があるとは思えません。私が生きているのを知っていながら見逃したことが公になれば、あなたの立場も悪くなるでしょう。それに……あなたからは、殺気がする。気のせいなら、よいのですが」

ルカーシュは冗談でも口にしたかのように、軽やかに笑む。

ゲルトは表情が乏しい。感情が表に出ないのは軍人としては利点であった。

特に殺気は、もっとも相手に感じ取られてはならない感情だった。

見透かされ、動揺するのと同時に、なぜこの男は殺されると察していながら落ち着いていられるのかと。まるで他人事のごとく、微笑む男に空恐ろしさを感じた。

ゲルトは――皇太子の指示を待つつもりはなかった。

どのような指示があろうとも、ルカーシュ・ラトバーンを殺害するつもりであった。

まず考えられないが、生かして連れて来いと命じられたとしても、抵抗したため処分せざるを得なかったと言い訳はいくらでもできる。

解放を命じられたとしても、死体を上手く処分すれば、真実は闇の中だ。

ゲルトは、たとえ長い人生のひとときであったとしても、マリーアの身体だけでなく、心までも奪ったこの男が許せなかった。

「生きると約束をしました。彼女をこれ以上、悲しませたくも苦しめたくもない。それはあなたも同じだと思います。ですから、生涯、嘘を吐き続けてください」

この男に言われずとも、生涯騙し続けるつもりであった。

「人の心は移ろいやすい。今は別れが辛くとも、すぐに忘れ、新たな生活に馴染まれるだろう」

そして、この男とのことは過去になり、ゲルトと今を——未来をともに歩むのだ。

以前よりもふっくらしていたので、ロバル島での生活で食べることには困っていないようだった。しかし生活は苦しかったのだろう。ところどころ繕ってある着古した服を纏い、短い髪には艶めきがなかった。手はかさかさに荒れていた。

ゲルトは、皇女時代よりもずっと豊かな生活を、彼女に用意してやるつもりだった。

多くの侍女に傅《かしず》かれ、華やかなドレスと高価な宝石で彩る。

悲しみとも苦しみとも無縁の、華やかな生活を彼女に与えることこそが、マリーアの幸せに繋がると、ゲルトはそう信じていた。

「ええ……彼女が私を忘れ、誰かを愛し、愛される……それを願っています」

達観した、偽善者のような物言いに、ゲルトは苛立つ。

それを察したのか、ルカーシュは軽く目を伏せた。

「あの日、国を追われてからずっと……私は心の底で、民や臣下を恨んでいました。自らの行いが招いたことだと理解していても、復興し豊かになる民が、名声を得ている臣下たちが憎かった。自分の心にここまで利己的で醜い感情があるのだと……恥じながらも醜い感情を捨て去れなかった」

抑揚のない声音で言うと、伏せていた目を上げた。

「けれど今は……醜い感情を捨て去れたわけではないけれど、みなの幸せを祈ることができる。彼女を取り巻く全てのことが温かで、彼女の眼差しに映る全てのものが美しいものであればよいのにと……そう思うのです」

マリーアを奪うゲルトが許せないはずだ。

自分を殺す相手なのだ。腹立たしく、憎く、恐ろしいはずだ。

そのはずなのに――ルカーシュは優しげな眼差しで、ゲルトを見上げていた。

まるでゲルトの幸せまでもを祈っているかのように……。

◆　◇　◆

昨夜はあまり眠れなかった。

アンナに紙を用意してもらい手紙を書いた。ベリンダや酒場の仲間たちへの手紙だ。

感傷的になりすぎるのが嫌で、簡潔に感謝の言葉を書き綴った。そのため早めに書き終わり、床についたのだけれど、慣れない寝台というのもあったし、アンナが部屋の隅にある長椅子で身体を休めているのも気になって、すぐに寝入ることができなかった。

眠れないと、いろいろと考え事をしてしまう。

朝方になって、ようやく少しだけ眠った。

身体は寝惚けたみたく重苦しい。しかし心はすっきりとしていた。

マリーアが身支度をしていると、食事を取りに行っていたアンナが戻ってくる。

「このようなものしかありませんけれど」

分厚いハムが挟んであるパンを申し訳なさそうに差し出される。焼きたての香ばしい匂いが食欲をそそった。

「充分です」

マリーアの朝食は、大抵バターを塗った小さなパンひとつだ。ハムが挟んであるぶん、いつもの朝食より豪華である。

皇女のときのマリーアしか知らないからか、パンに齧りつくとアンナは驚いた顔をしていた。

「……本当に……よろしいのですか？」

食事を終えたマリーアに、アンナがおずおずと訊ねてくる。

よろしいか？　と問われれば、よろしくなどない。よろしくない、と答えたら、アンナはどうするのだろう。などと思いながらも、マリーアは「ええ」と頷く。

「……もう一度、お会いになりますか？　頼んでみましょうか」

彼女なりの思いやりなのかもしれないが……的を外している思いやりである。

「会えば、未練が残ってしまいそうだから」

別れはすませたのだ。会っても別れが辛くなるだけだ。

マリーアの願いはただひとつ。自分のことなど早く忘れ、誰よりも何よりも、あの人に幸せになって欲しい。それだけだった。

しばらくして、ゲルトが姿を見せた。

港に向かう時刻なのだろうかと思ったが、ゲルトはアンナに部屋を退出するよう命じる。

アンナは今もゲルトを想っているのか、指示され大人しく出て行ったものの、表情は不満げだった。

「……支度は整いましたか？」

「ええ」

支度といっても部屋に戻っていないので、私物などない。アンナが用意してくれた寝着から、元の衣服に着替えたくらいだ。

「私が住んでいた部屋にある私物は、処分してもらえますか？」

「……必要なものがあるなら、あとからお送りします」

「いいえ。日用品ばかりなので、大丈夫です」

気に入っている下着や服、いつも使っているカップや石けんなどもあったが、これからの生活には必要のないものだった。

「お世話になった人に宛てた手紙は、ここに置いてあります。ベリンダという酒場があるので……ロバル島の兵士の方なら、みな知っている店なので、そこに届けるよう手配してもらえますか？」

ゲルトは机の上に置いてある封筒を一瞥する。

「働かれていたのは、酒場ですか」

「はい。よくしていただきました」

ロバル島は他の島からの移住者も多い。けれどマリーアは世間知らずで、移住者の中でも明らかに浮いていた。にもかかわらず、ベリンダをはじめ酒場で働く者たちは詮索もせず、快く受け入れてくれた。

恩も返さず、唐突に消えるのは申し訳ない。

手紙は書いたけれど、自身の出自に触れるわけにはいかず、お別れの言葉だけしたためた。心配をかけてしまいそうだが、ルカーシュが戻ればフラビオに、嘘を織り交ぜながら上手く説明をしてくれるだろう。そしてフラビオの口から、ベリンダにも伝わるはずだ。

「労働など……お辛かったでしょうに……」

ゲルトが眉を顰める。

皇女のときも辺境伯夫人のときも立場は名ばかりであったが、身の回りのほとんどのことは侍女がしてくれていた。使役する側にあったマリーアが労働など、ゲルトには信じられないのだろう。

「最初の頃は慣れなくて、失敗ばかりしていました。けれど今は、一度に注文を聞いても、間違ったりしませんし、運ぶ途中で零したりもしなくなったし……接客も上手くなったのですよ」

まだ一人前とは言えないけれど。いつか、もっと――と思い、もうそんな日は来ないのだと気づく。

ロバル島での経験をこれからの日々に役立てることは難しそうだが、民や侍女たちの気持ちに寄り添うことはできるかもしれない。

「ここでの生活は決して楽しいことばかりではありませんでしたが、私にとってかけがえのない時間でした。……あなたをはじめ、みなに心配をかけ、いらぬ手間もかけてしまい……身勝手だとわかっているのですが……」

「かけがえのない時間だった。そう仰るのは、あの男に――ルカーシュ・ラトバーンに再会したからですか？」

「いいえ」

マリーアは即答する。

「ルカーシュ様との再会がなくとも……ロバル島で過ごした日々は、私にとって意味のあるものでした」

ルカーシュとの再会は、マリーアにとって、価値のある出来事であった。

けれど彼と過ごしたときだけが、特別だったわけではない。

「私が失敗をすると……みな、普通に怒って、注意して……それから、励ましてくれました。上手くできると褒めてくれた。冗談を言ってからかわれたり、お喋りをしながら食事をしたり。おはようと声をかけてくれたり、お疲れ様の一言が嬉しかったり……ゲルト。私はずっと寂しかったのです」

幼い頃に母親を亡くし、父である皇帝はマリーアに声すらかけてくれない。

侍女たちは、ひと通りの世話はしてくれたが義務的だった。

「父の駒であり続けるのが嫌で、流され続けるのが嫌で、そんな自分を捨てたくて、コウル皇国から逃げ出しました。いくつかの理由がありました。嵐の中、落雷で燃える馬車を見て、衝動的な気持ちになったのもあります。けれど、一番の理由は……愛されたかったのです。大切にされたかった。誰かに気にかけてもらいたかった。それだけだったのです」

同じ皇族の子でありながら、みなから愛され大切にされる異母弟や異母妹が羨ましかった。

歪であろうとも、夫から愛されている家令が羨ましかった。

「覚えていますか？　私がまだ少女だった頃、あなたは一人でいた私に声をかけてくれた。あの頃の私に優しくしてくれたのはあなただけだった。私は……ゲルト。あなたのことが好きでした。した」

彼には一生伝えまいと思っていた心の内を、素直にマリーアは口にした。

皇都に戻れば、マリーアはすぐに降嫁されるので、今しか告げる機会はない。マリーアの昔の恋心を知っても、ゲルトは困るだろう。だが、自分の想いに区切りをつけたかった。

やはり迷惑だったらしく、ゲルトの眼差しが険しくなる。

「優しくされたから、好きになった。ならばあの男にも優しくされた。気にかけてもらえたから……だから心をお寄せになったのですか？」

初夜のときのルカーシュはマリーアに優しく接してくれた。けれど……再会してからは、優しいばかりではなかった。

愛情を伝えられたのも昨日が初めてだ。それまではルカーシュの心はわからなかった。

「いいえ……ロバル島に来て、ルカーシュ様と再会する頃には、私は満たされていたのです。他人の優しさに触れて、逃げ出す前のように愛情が欲しいとは思わなくなっていた。彼と再会してからも……愛して欲しいとは思わなかった。ただ彼を……癒やしたかった」

なぜ流されるままに身体を重ねていたのか。

罪悪感があったのか、悦楽に酔っていたのか。

自分でもはっきりしていなかった心が、今になってわかる。

マリーアはただ、冷たく凍えたような双眸をした彼を温め、抱きしめたかったのだ。

「それは同情です。愛情ではない」

「そうかもしれません。でも……彼がただ……愛おしいのです」

微笑むと、ゲルトはマリーアから目を逸らした。

「……マリーア様。私は……」

ゲルトは低い声で言いかけ、押し黙る。

マリーアの気持ちを慮っているのだろう。無愛想なのでわかりにくいが、彼もまた優しい人なのをマリーアは知っていた。

「心配しなくとも、平気です。別れは寂しいけれど……彼は生きると約束してくれた。そのことが何よりも嬉しい。……皇都に戻り、父からどのような扱いを受けようとも、私はもう逃げはしません」

マリーアは二年半もの間、行方不明だった。当初予定していた縁談話はなくなっているだろう。

自身の命を拒み、逃げ出したマリーアを父は憎々しく思っているはずだ。まともな降嫁先を用意してくれるとは考えられなかった。

もしかしたら、想像もできないほど酷い扱いを受けるかもしれない。

けれど――自暴自棄とは違う、静かな気持ちでこれからの日々を受け入れられる気がした。

ゲルトは何か思案でもしているのか目を閉じた。そしてしばらくして、ゆっくりと目を開いた。

「皇帝陛下は三年ほど前にお倒れになり、それから長い間臥《ふ》せっていらっしゃいます」

「……父が？」

「はい。寝たきりというわけではないのですが、意識の混濁も見られ、政務はヨハン皇太子殿下が代わりに行っております。ここひと月ほどは起き上がることもままならず、長くはないとの見立てです」

記憶の中にある父は、病気などしそうもないほど壮健だった。そんな父が病の床についているると知り、マリーアは驚くが……それだけだ。

悲しくもなければ、清々《すがすが》しくもない。

自分の降嫁先は皇妃かヨハンが選ぶのだろうかと、ぼんやりと思った。

「あなたを連れ帰るのは止めておきます」

「…………え？」

言われたことの意味がわからず、ゲルトを見返す。

「あなたはコウル皇国では、すでに亡くなったことになっています。醜聞になるでしょうし、帰国したとしても、降嫁どころか、隠れて暮らしていただくようになる」

降嫁する価値もない。すでに捨て駒としても、役立たずになっていたらしい。

「ヨハン殿下からも、あなたが生存されていて、もし戻りたくないと望まれたら放っておくように言われておりました」

「ヨハンが……？」

異母弟とは、血の繋がりのある者たちの中で唯一交流があった。

「ヨハン殿下は陛下のあなたへのなさりようを、幼い頃から気にしていらっしゃいました。あなたの幸せを願っておられた」

誰からも愛され、敬われている。ヨハンが自分に構うのは、恵まれた皇太子の気まぐれだと思っていた。

けれど――辺境領に嫁ぐとき、マリーアを気にして声をかけてきたのは異母弟だけだった。

――何かあれば手紙をください。

そう心配げに言っていた。その優しさを無視し、縋らなかったのはマリーアだ。

ヨハンから向けられる厚意をひねくれた風に感じていた自身を恥じる。

しかしならばなぜ、ゲルトはマリーアを連れ帰ろうとしたのだろう。行方不明になったマリーアを必死で探していたとも言っていた。この島に来たのも、マリーアが目的だと。

ヨハンに命じられたわけではなく、すでに死亡扱いされていて、皇族としての価値もないというのに。

そしてなぜ、今になってそれをマリーアに話すのか。

ルカーシュを解放する条件と引き換えに、マリーアを連れ帰るつもりではなったのか。

「ゲルト。ルカーシュ様はどうなるのです？」

「あなたも仰っていたでしょう。サダシア共和国とコウル皇国の関係は良好です。皇帝陛下が政務を執られているならともかく、ヨハン殿下は穏健な治世を望まれている。今更、ラトバーンの王太子が生きていたと知られるほうが困るのです。マリーア様。私は、あなたと取引をしましたが、余計な火種を残さぬため、解放したふりをし、あの者を殺すつもりでいました」

ゲルトが恐ろしいことを、さらりと口にした。

「だがあの者は、自身の死を受け入れていた。死んだことはあなたに話すなと言った。死を望む男が、ラトバーンの王太子としてこの先、両国の災いになるようなことをするとは思えない」

ルカーシュの言葉を伝えられ、マリーアは動揺する。

――生きてくれると約束したのに。

マリーアのために、その場限りの嘘を吐き『生きる』約束をしたのか。

切なさと悲しみと不安で、胸が痛くなる。

「私には……あの者の傍にいて、あなたが幸せになるとは思えない。民のような暮らしをなさるあなたが不幸に見えます。皇国に戻ってくださるなら、皇女であったとき以上の裕福な、何ひとつ不便を感じることのない生活をお約束できる……しかし」

「ええ。私は裕福な暮らしなど望んでいません。たとえ先にある道が険しく、行き止まりだったとしても、彼とともに歩んで行きたい」

ゲルトが続きを言う前に、マリーアはしっかりとした口調で告げた。

ルカーシュの冷たく凍えた心を癒やし、救えなかったとしても。この先別れが待っていようとも、マリーアは彼に寄り添い続けたかった。

「……全てはあなたのためだったはずなのに……私は、間違っていた」

ゲルトは穏やかな目でマリーアを見下ろし、噛みしめるように言う。

「あなたにも……あなたの事情と立場があったのだから」

個人の感情ではなく、軍人として国のために動いているゲルトを責めることはできない。殺すつもりだったのにルカーシュを解放すると約束したのも、ゲルトなりのマリーアへの優しさだったのだろう。

「そのことではありません。……謝り、赦しを乞いたいが……きっとあなたは容易《たやす》く赦してしまいそうだ」

ロバル島での生活はかけがえのないものだ。しかしだからといって、皇国を黙って逃げ出したのは、マリーアの弱さだ。決して正しいことではないし、許される行為ではない。迷惑をかけてしまったと謝罪するのはこちらのほうだ。ゲルトがマリーアに謝る必要などない。

──先ほど、ゲルトを好きだったと告白したから……それを謝っているのかしら。

それこそ、彼に謝られても困る。

「私が勝手にあなたを想っていただけだから、謝ることなどありません。あなたは孤独だった少女の私によくしてくれました。感謝しています」

「マリーア様……私は……。いいえ。何でもありません。私も、ヨハン殿下と同じです。あなたの幸せを願っております」

ゲルトは一度目を閉じたあと、そう言って微笑んだ。


コウル皇国へ帰るつもりでいたので、いきなり自由だと言われても、嬉しいけれど素直に喜んでよいものなのかわからない。

部屋の外で待っていたアンナも、ゲルトの指示を聞き目を丸くして驚いていた。

「お前の言うとおり、私が間違っていた」

ゲルトがそう言うと、アンナは神妙な顔をして頷く。

「皇太子殿下に手紙を書いてくだされば、お喜びになるでしょう。何か困ったことがあれば、アンナ宛てでも私宛てでも構いません。連絡をください」

同盟こそ結んでいないものの、両国は国交がある。海を隔てているので、ひと月ほどかかるが手紙は届くだろう。

屋舎を出た回廊で待っていると、拘束を解かれたルカーシュが現れる。

マリーアがいるのを見て、困惑した表情を浮かべた。

「私たちはこれからロバル島を発ちます。……お元気で、マリーア様」

「……あなたも」

別れの言葉を残すと、あっさりとゲルトは屋舎の中へと入っていった。

マリーアたちはアンナに付き添われ、門へと向かう。

「あなたの上官が、昨夜心配して訪ねて来ました。人間違いで捕らわれたことにしてください」

門の付近でアンナは立ち止まる。ルカーシュを見上げてそう言ったあと、マリーアに視線を移した。

「マリーア様も、御身の安全のためにも、くれぐれも出自を話されませんように」

マリーアは昨日、門兵に皇族であると告げたのを思い出す。

「門兵に……名を名乗り、皇女であると言ってしまいました」

「ああ……」

アンナも昨日の一件を思い出したのか渋い顔をする。

「一応、誤解だったと口止めをしておきますが……人の噂は広がるものです。安全を考えれば、この街を離れたほうがよいかもしれません」

この街を離れる。それは『ベリンダ』を辞めることでもある。

気が重いが、自身の出自が広まればみなに迷惑がかかるかもしれない。よく考え、決断しなければならない。

門の前には昨日と同じように二人の兵士が立っていたが、昨日の兵たちではない。交代制なのか、見知らぬ男が立っていた。

「ゲルト様も仰っていましたが、何かありましたら遠慮なく連絡してください」

声を潜めてそう言うと、アンナは頭を下げ、立ち去ろうとする。

マリーアは彼女を呼び止めた。

「アンナ。私、こちらでアンナと名乗っているの。あなたの名前をこれからも借りていいですか？」

「私の名前を……？　光栄です」

アンナはぱちりと大きく瞬いたあと、微笑んで、そう言った。

門から出て、ルカーシュと肩を並べ歩く。

「上官というのは、フラビオさんのことでしょうか」

ルカーシュが心配で様子を見に来たのだろう。

マリーアがルカーシュを窺うと、彼はまだ戸惑った表情のままだった。

「マリーア。……本当に、戻らなくともよいのですか？」

「ええ。帰らなくてもよくなったみたいです」

「よくなったって……あなたはよいのですか、それで」

「迷惑でしょうか？」

彼に迷惑だと言われても、連れて帰ってとゲルトにお願いするつもりはない。

「迷惑ではありません。ただ……」

ルカーシュは口籠もる。

「……ただ？」

ルカーシュは立ち止まり、考え込むように俯いた。彼の言葉にどう返すべきか考えを巡らせ、マリーアはじっと待つ。

「いえ……皇族としての身分を捨てて、本当によかったのですか？」

しばらくして顔を上げたルカーシュは、取り繕うような質問をしてくる。

ただ——のあとに続くのは、本当は別の言葉だったはずだ。

「すでに二年半前に捨てたものですから」

マリーアは彼の瞳の中にある冷えた感情に気づかないふりをして、微笑んでみせる。

「行きましょう。フラビオさんが心配しています。私も昨日、黙って出てきたので、ベリンダさんに謝らないと」

マリーアの微笑みにつられるように、ルカーシュは笑みを返した。

ルカーシュはマリーアを酒場の近くまで送ると、フラビオに無事帰ったことを報告するため、宿に戻った。

マリーアもベリンダに会うため、酒場へと向かう。

酒場の二階にベリンダは居住していた。この日はマリーアのこともあったからだろう。朝早かったが、ベリンダは起きていて店内にいた。

マリーアがルカーシュの件で駐屯地に向かったことは、フラビオから聞いていたらしい。

「今日、駐屯地に訪ねてみるつもりだったのよ」と安堵した顔でベリンダは言った。

マリーアは、おそらくこの街を離れることになるので、仕事を辞めるとベリンダに話した。

ベリンダは残念がりながらも心配し、次の居住区や働き先の相談に乗ってくれた。

ベリンダは、フラビオからマリーアが密航者だったと耳にしているはずだ。詮索をせず、黙って受け入れてくれているベリンダに、改めて感謝をする。

ベリンダに出会えたのは、マリーアが皇国を出たからだけれど……自分の軽率な行為のせいで、彼女に迷惑をかけていたらいくら後悔してもし足りなかった。

今日はこのまま働いてもよかったのだが、ベリンダから帰りなさいと言われる。引っ越すならば早めに荷を纏めねばならないので、ありがたく厚意に従った。

この街を離れるのは怖い。貯蓄は少しはあったけれど、すぐに働き先を探さねばならない。住む場所も見つけなければならないし、仕事にも人にも慣れるのは大変だ。上手くやっていける自信もない。

ルカーシュとの仲も……今までどおりにはいかなくなる。

――別の場所に引っ越しても、たまに会いに来てくれるだろうか。

不安で胃が重くなる。

会えなくなることを不安に感じているのではない。

死を受け入れていたというゲルトの言葉が、マリーアの心を不安にさせていた。

部屋で荷物を纏めていると、扉を叩く音がした。

扉を開けるとルカーシュが立っていた。

彼もマリーアと同じで、フラビオから今日は休めと言い渡されたようだ。

「……引っ越すのですね」

「ええ。元皇女だと広まってしまえば、ベリンダさんにも迷惑がかかるし……」

「そうですね。コウル皇国相手によからぬことを考える輩は流石にいないでしょうが……もしもということがあります。引っ越すならば、早めのほうがよいでしょう」

「……ええ」

「先ほど、除隊届を出してきました」

さらりと言われ、マリーアは耳を疑う。

「辞めるのですか？　今回の件で……？」

兵士でいたら、ラトバーンの王太子だったと知られる可能性がある。そう感じたのだろうか。

「兵士だと手っ取り早く金が稼げるのです。ある程度、お金も貯まりましたし、辞めどきでした」

ルカーシュの指がマリーアの髪に触れる。

「それに……海にいては、あなたのことが心配でならない」

マリーアはそっと彼の胸に顔を寄せた。

「私とともに……生きてくれるのですね」

小さな声で確かめるように呟くと、ルカーシュの腕がマリーアの背に回った。

「兵士になったのには、お金以外にもうひとつ理由があって。……僕は死に場所を求めていました。死ぬべきだとわかっているのに、自ら死を選ぶことができなくて……せめて何かの、誰かの役に立ち、死にたかったのかな……。いや、ただ臆病だっただけかもしれません。今も、本当は生き続けるのが正しいとは思えないし、生きているのを責められている気がしてならない」

誰も責めたりしない。そう言い切ることはできなかった。

彼は父である国王とは違い、民から憎まれていなかった。死後も王とは違い、民によって手厚く葬られたと耳にしていた。しかしだからといって、みながみな、彼の存在を肯定していたわけではないだろう。死をもって償いとされ、赦されただけなのかもしれない。

マリーアとて、生きていると知ったら、皇族である務めを放棄したととる民も少なからずいるはずだ。

「民が困窮していることを知りながらも、救えなかった。民の怒りが僕に向かうのは当然です。けれど――同時に、僕を切り捨てたと恨んでもいた。あんな国、滅んでしまえばよいのにと思ったりもするんです」

「……ルカーシュ様」

マリーアは震える彼の背に指を這わせた。

「僕は愚かで、弱い人間です。幸せを感じるたびに罪悪感に苛まれるだろうし、一生、醜い感情を抱えたままでしょう」

「愚かで弱いのは私も同じです。皇族の責務から逃げ出し、国を捨てたのですから」

ルカーシュの痛みを癒やしたいと思っていた。けれどその痛みは、どれだけマリーアが癒やしたいと思っても一生癒えることなどなく、生きている限り抱え続ける種類のものなのだ。名を変え、新たな土地へ行ったとしても。過去が消え去り、別の自分になれるわけではないのだから――。

「それでも……私はあなたと一緒に、生きていきたい」

マリーアは顔を上げ、ルカーシュの瑠璃色の瞳を見つめ告げる。

「……ありがとう。マリーア」

かつてのようにルカーシュが微笑む。けれど優しい眼差しの奥には、初めて出会った頃にはなかった悲しみと冷たさが宿っていた。

あの頃のルカーシュを懐かしいと思う。けれどそれ以上に、目の前にいる人が愛おしかった。

「指輪をもう一度、もらってくれますか」

ルカーシュがポケットから翠玉の指輪を取り出す。

マリーアが手を差し出すと、薬指に嵌めてくれた。

「本当に、ごめんなさい。もう手放したりはしません」

これがあったから船に乗れ、ルカーシュとも再会できたのだけれど――。

ルカーシュの母親たちが代々受け継いできた指輪だ。手元に戻ってきて、本当によかったと思う。

「フラビオはあなたから受け取った指輪を、行商に売り渡したと言っていましたが……よく戻ってきましたね」

「フラビオさんから聞いていたのですね。ゲルトが……。背の高い黒髪の兵士がいたでしょう？　ゲルトという名なのですが、彼が指輪を見つけてくれました。コウル皇国で売られていて、指輪を手がかりに、私を探しに来たようです」

説明していると、ルカーシュが眉を寄せる。

やはり指輪を売ってしまったことに腹を立てているのだろうか。それともそのせいで見つかり、拘束されたのだと知り苛立っているのか。

そう思ったのだけれど――。

「彼が……以前あなたが恋をしていた相手ですか？」

眉間に皺を寄せたまま、訊ねてくる。

「……え、ええ」

マリーアの返答にルカーシュは黙り込む。

「怒っていらっしゃるのですか？」

マリーアはおずおずと訊ねた。

「……嫉妬していました」

「嫉妬？　ゲルトにですか？」

「ええ……過去のことだとわかっているのに。……今、あなたに好きになってもらえた。それだけで充分なのに。嫉妬なんて我が儘ですね」

苦笑を浮かべたルカーシュに、愛おしさが溢れてくる。

「もっと我が儘を言ってください。あなたの我が儘が聞きたい」

きっと彼は、王太子のときも王太子でなくなってからも、我が儘など口にしなかったはずだ。

マリーアは彼の拠り所になりたい。甘やかしたかった。

ルカーシュはマリーアの左手を取り、指輪を嵌めた指に唇を落とした。

「……あなたが好きです。マリーア。善き夫になれるよう努力しますので、僕の妻になってください」

「私も、あなたの善き妻になれるよう、努力します」

かつてラトバーンで聞いた王太子の言葉に、コウル皇国の皇女として応えた。

あのときとは違う重さだったけれど、同じくらいの真摯さでマリーアはルカーシュの妻になることを誓った。

どちらからともなく口づけをして、どちらからともなく寝台に誘った。

互いの服を脱がせ合い、素肌を重ねる。

マリーアの腹に硬いものが触れる。ルカーシュのそれはすでに雄々しく天を向いていた。

マリーアも同じだ。彼を求め、身体の奥が熱く潤っているのが自分でもわかった。

マリーアは自ら足を開き、ルカーシュの身体を迎え入れる。

「……マリーア」

強請《ねだ》るように彼の腰を太股で挟むと、ルカーシュが戸惑った視線を向けてくる。

いきなり挿入するとマリーアに負担がかかると心配しているのだろう。

「大丈夫です……もう濡れていますので」

口にしてしまってから、はしたない言葉だと気づく。

マリーアは羞恥に頬を染め、ルカーシュの表情を窺う。ルカーシュは目を細め、マリーアに口づけしてきた。

舌で舌を探られる心地よさに、うっとりとしていると、濡れそぼった場処に硬いものが宛がわれる。

「……ん」

硬い先端が、マリーアの身体をゆっくりと割り開いていく。マリーアは身体が浮き上がるかのような感覚に身を震わせ、ルカーシュの首に手を回した。

ルカーシュが腰を動かし始める。

「……マリーア……っ」

ルカーシュはマリーアを揺さぶりながら、小さな声で名前を呼んだ。

幾度となく身体を重ねてきた。けれども閨で名前を呼ばれるのは、初夜のとき以来だ。

「……ルカーシュ様……」

マリーアも彼の名を呼ぶ。

この先も自分たちは、フィルとアンナとして生きていく。みなの前でマリーアと呼ばれることも、彼をルカーシュと呼ぶこともないだろう。

一度は捨てた名前だ。名前なんて、どうでもよいと思うけれど。

――私の名を知っているのは彼だけ……彼の名を呼ぶのは私だけ。

そう思うと、甘美な悦びが生まれてくる。

マリーアの心のままに、ルカーシュを咥え込んだ蜜肉がうねるように肉茎を締め付けた。

「……っ」

マリーアを穿っていた動きが止まり、ルカーシュがびくりと震える。

身体の奥がじわりと熱いもので満たされた。

「……すみません」

目を伏せ、謝罪をするルカーシュに気持ちが沈む。

言おうか言うまいか迷いながら、マリーアはルカーシュの頬に手を宛がい、口を開いた。

「……謝らないでください。……いつか」

――いつかあなたの子を産み、その子に翠玉の指輪を渡せたら……。

こうしてともにいるだけで、幸せなのに。口にしかけたものの、過ぎた願いのような気がして、マリーアは言いよどむ。

「いつか僕の子を身ごもったら……産んでくれますか？」

マリーアの言いたかった言葉を察したのか、ルカーシュが優しい声音で訊ねてくる。

「ええ……もちろんです」

涙声で頷くと、ルカーシュの腕がマリーアの身体を抱き寄せてきた。

マリーアは温かな体温を感じながら、目を閉じた。


ロバル島を離れる前日。

マリーアとルカーシュは『ベリンダ』を貸し切って、結婚式を挙げた。

コウル皇国やラトバーン王国の結婚式は、貴族だけでなく平民も祭司を前に夫婦になる誓いをする。しかしカンデールでは誓いなどなく、仲間が集まり食事をし、みなで祝う。それが結婚式なのだという。

お金ももったいないので結婚式を挙げるつもりはなかったのだが、ベリンダとフラビオが、二人のために準備してくれた。

エマをはじめとした給仕たち、料理人。ルカーシュの同僚でもあるフラビオの部下たちも多く出席し、二人の結婚を祝ってくれた。

「こちらのやり方は……慣れない」

結婚式が終わったあと、同僚たちに祝いと称して酒を飲まされたルカーシュはほんのりと顔を赤らめ、疲れたように言った。

「ごめんなさい。あなたは苦手かなと思ったのだけれど……断り切れなくて」

結婚式の話を聞いたときには、すでに臨時休業が決まっていた。

ベリンダから「大人しく祝われなさい」と脅すように言われたら、頷くしかなかった。

「フラビオもだけれど……結婚式は、これからを考えてのことだろう」

マリーアたちは出席してくれた者たちから、祝いをもらっていた。

遠慮したのだが、これもカンデールの流儀なのだと押し切られた。――新天地で少しでも足しになるよう、ベリンダとフラビオが考えてくれたのだろう。

「……いつか、落ち着いたら、きちんとお礼をしましょう」

「そうだね」

ルカーシュは微笑んで、マリーアの髪に触れる。

「騒がしいのは正直いって苦手だけれど……結婚式を挙げてよかった。……こんな綺麗な君が見られた」

ベリンダが用意してくれたのは、白色のレースがふんだんに使われた可憐なドレスだった。髪はエマが編み込んでくれた。めったにしない化粧も、今日は念入りにしている。

「あのときよりも……？」

八年半前、ラトバーンで婚儀を挙げたとき、マリーアは今よりもっと豪華な花嫁衣装を纏っていた。それに当然だけれど、ずっと若かった。

少しだけ意地悪な気持ちになって訊ねると、ルカーシュは苦笑を浮かべる。

「実は、あのとき……緊張していて、君の顔を見る余裕があまりなかったんだ。どれだけ美しかったのか知らないから、比較しようがない」

マリーアも式の最中、ルカーシュの顔を見ていない。どうやら彼も同じだったようだ。

「……きっと今のほうが、綺麗だと……そうだったらいいなと思います」

マリーアが言うと、ルカーシュは瑠璃色の双眸を細める。

そしてそっと、マリーアの唇を奪った。

# 終章

三年後——。

マリーアたちはロバル島より北、カンデール連邦国の有する島のひとつであるフチド島に移り住んでいた。

ロバル島より島民が少なく、商業施設も少ないが、気候には恵まれていた。そのため長閑《のどか》な田園風景が広がる。

マリーアはベリンダの紹介で、農園で働いていた。

酒場とは勝手が違うものの、辺境領にいた頃は花壇や鉢植えでハーブを育てていた。幼い頃から草花が好きなのもあって、農園での仕事は大変だけれど充実していた。人間関係も今のところ上手くいっていて、友人もできた。

ルカーシュは農園で働きながら、ときおり漁港で、仕出しを手伝っていた。一年ほど前から近所の子に勉強を教えているのだが——最近は語学を学びたいという大人まで、彼に教えを請うようになっていた。

皇宮や王城とは比べものにならないくらい小さな家だけれど、家族で暮らすには充分な広さがある。

狭いけれど庭もついている。

マリーアはそこでハーブを育てていた。

「おかえりなさい」

「ただいま」

出迎えると、穏やかな微笑みを浮かべた夫が、マリーアの額に唇を落とす。

そして――。

急ぎ足で、子ども用の寝台に眠る赤子を覗きにいった。

「起こしては駄目よ」

ようやく眠ったばかりなのだ。起こされてはたまらない。

「わかっている」

当然だろうとばかりの態度で返事をしたが、つい先日、ぷにぷにと頬をつついて起こしたばかりだった。その前は、眠っているのに熱心に話しかけていた。

子煩悩な夫を見るのは嬉しいけれど、母親としては眠っているときは、そっとしていて欲しい。

「ふにゃふにゃ、言ってる……。かわいいな」

顔を綻ばせ、呟く。マリーアからしてみれば、子どもはもちろんのこと、そんな夫の姿も可愛いのだけれど。

「あなたが着替えて入浴して、ご飯を食べている頃には、ミーアも起きるわ」

マリーアが半年前に生んだ子は女の子だった。ルカーシュがミーアと名付けた。

夫は髪を黒く染めていて、マリーアは亜麻色の髪。ミーアは綺麗な白銀の髪なので、近所の人たちには隔世遺伝だと説明している。

子どもは欲しかったが、いざ実際に産むとなると不安もあった。

しかし、ゲルトたちと会ってすぐ、コウル皇国では父の死が公表され、ヨハンが皇帝に即位していた。そして一年後、ヨハンと皇妃の間に嫡子が生まれ、そのまた一年後には姫君が生まれたと伝え聞いた。

誰もマリーアを必要としていないし、いずれはマリーアという皇女がいたことは誰からも忘れられるだろう。

サダシア共和国からも、聞こえてくるのは良い話ばかりだった。

ルカーシュもまた、ラトバーン王国の名とともに人々の記憶から忘れられていく。

忘れ去られた者たちの子など、両国にとって火種になりはしない。

フィルとアンナ。どこにでもいる村人の若夫婦の子として、ミーアは育っていくのだ。

夫は愛娘を名残惜しそうに見つめながら、寝台から離れる。

「明日は休みだから、ミーアと一緒にいられる」

「……ミーアとだけ？」

「もちろん君とも」

少し唇を尖らせ言うと、慌てたように付け足された。

ミーアが可愛いのは事実だけれども、何となく後回しにされているみたいだ。

拗ねているのが伝わったのだろう。彼が機嫌を取るように顔を覗き込んでくる。

「怒らないで」

「怒っていないわ。妬いているだけ」

「ミーアに？」

「ええ」

マリーアは背伸びをして、彼の唇を奪った。

「……幸せすぎて怖くなる」

マリーアの腰に腕を回したルカーシュが、溜め息を吐きながら呟く。

彼の瞳の奥にある冷たい陰は消えていない。

穏やかな生活の中でも、不安に駆られ、罪悪感に囚われている。

雨が上がり、晴れ間が覗いていても、またいつかは必ず雨が降る。晴れの日が続けば続くほど、いつか来る雨の日を怖れる――。

「明日はずっと一緒にいましょう……三人で」

マリーアにできることは、彼に寄り添うことだけ。
雨の日も晴れの日も、ともにあり続けるだけだ。
ルカーシュの身体に身を寄せ、マリーアは温かな胸から聞こえる心音に耳を澄ませた。

# 番外編

漁港での仕事を終えルカーシュが帰り支度をしていると、懐かしい声に名を呼ばれた。

「フィル」

軍服姿で無精髭を生やした厳めしい顔つきの男が、右手を上げている。

「……フラビオ」

名を呼ぶと、フラビオはにんまりと笑み、ルカーシュに近づいてきた。

「よう、元気そうじゃないか」

バンッと背中を叩かれる。手加減なく叩かれたので、ルカーシュは思わず呻きそうになった。

「……あなたもお元気そうで。どうしてこちらに？」

「お前が元気でやっているか心配になって見に来たんだ……っていうのは嘘だ。物資の搬入で入港して、そのついでだ」

フラビオはルカーシュの近況を訊き、自身の近況や部下のことを話す。

「お前は変わったな」

ひと通り話し終えたあと、目を細めて言った。

「軍を辞めて三年経ちましたし……」

漁港の仕事も肉体労働だ。体つきはあの頃と変わっていないと思うが、年月が過ぎたぶんだけ、肉体も年を重ねる。自分では気づかないが、変わった部分もあるのだろう。

「軍を辞めたからっていうより、家庭を持ったからかな。危うい感じがなくなった」

「……危うい感じ……？」

「大雨で危険だからといくら止めても、特に用もないのにみんなの制止を振り切って、家を飛び出していく……そんな危うさがお前にはあったんだけど、それが消えた」

「……晴れの日だろうが、妻に引き止められたら、ずっと家にいますよ」

ルカーシュの答えに、フラビオは一瞬驚く。

「ハハハッ。やっぱり変わったな」

盛大に笑い、バシバシとルカーシュの背を叩いた。

フラビオの言うとおり、確かに変わったのだと思う。

愚かで、弱い人間なのは変わらない。幸せを感じるたびに罪悪感に苛まれ、こうして生きていることに疑問を抱いてしまう。

けれどそんな自身の葛藤よりも、大事なものができた。

彼女が自分を必要としている限り、たとえ誰に誹《そし》られようとも、己の生を全うするつもりだ。

「おかえりなさい」

玄関の扉を開くと、朗らかな笑みを浮かべ、妻が出迎えてくれる。

「ただいま」

ルカーシュは微笑みを返す。

マリーアは農園で働いていた。

若い女性が多く働いていて、半数以上が小さい子どものいる母親だった。そのため、母親たちが交代で子どもの面倒を見ながら働いているという。

それもあって、マリーアが仕事を休んでいたのは数か月だった。

貯蓄はそれなりにある。マリーアの体調も、赤子も心配だ。家でゆっくり子育てをして、働く必要はないと思ったのだが。

「私、子どもと触れ合ったことがなくて。子育てはわからないことだらけなんです。みんなに教えてもらったほうが、助かるから」

ルカーシュには年の離れた弟がいたが、彼の世話は乳母たちがしていた。

子育ての仕方を知らないのはルカーシュも同じだ。協力したくても限りがある。心配はあったが、マリーアが働くのを止めなかった。

――子育てをしながら、仕事をして、家事もして……大変だろうに。

ルカーシュが帰宅すると、いつも夕食の用意がしてあった。

休みの日は手伝うように心がけていたが、家事はマリーアに任せっきりだ。

皇族の立場のままだったら――侍女に傅かれ、家事や子育てで苦労することもなかっただろうに。

申し訳なくなるのだが、マリーアは疲れた顔を見せるときもあったが、いつも楽しそうにしていた。

「今日、フラビオに会った」

「……フラビオさん？」

仕事終わりに、フラビオに会ったと話す。

「ベリンダさん、元気にしているかしら……」

自分たちが住むフチド島から、ベリンダがいるロバル島までは距離がある。海送でしか連絡手段がないため、手紙を送っても返事は早くて一か月ほど、天候や運航状況によっては三か月以上かかるときもあった。

ベリンダに手紙を出してから、ずいぶん経つのだろう。マリーアは心配げな表情を浮かべている。

「バタバタしていて忙しいのかもしれない。……子どもが産まれたそうだから」

フラビオから聞いたばかりの話をマリーアに伝える。マリーアは目を丸くさせた。

「子ども……？　ベリンダさんに？」

「そう。フラビオと結婚したそうだよ。……子どもが先か、結婚が先かまでは訊かなかったけれど」

子どもが産まれたばかりなのに、出港せねばならず、フラビオは「辛い、死にそうだ、俺も海軍の仕事を辞めたい」と珍しく弱音を吐いていた。

「ベリンダさんがフラビオさんと……。ベリンダさんが、お母さん……すごい！」

マリーアはベリンダもフラビオも目の前にいないというのに、二人を祝福するようにパチパチと手を叩く。

ルカーシュは、妻のいつになく無邪気な姿に温かな気持ちになる。

ともに歩むようになる前のマリーアの人生を、ルカーシュは断片的にしか知らない。

けれど、危険な目に遭ってでも逃げ出したいと思うくらいなのだから、過酷なものだったはずだ。

初めて会ったときも再会してからも、マリーアには陰があった。

しかし――最近はその陰が薄れてきたように思う。

それはルカーシュとともにいるからだけではない。

「うぎゃあ」

獣のような声がして、慌ててマリーアがそちらに向かう。

「ミーア、起きちゃったの？」

とろけるような甘い声で言いながら、子ども用の寝台からミーア……赤子を抱き上げる。

ミーアはふぎゃふぎゃ言いながら、マリーアにしがみついている。

「抱っこしたいな」

「着替えをすましてからね」

ミーアに向ける優しい眼差しのまま、マリーアがこちらを向いた。

ルカーシュは溢れる想いのまま、ミーアごとマリーアを抱きしめた。

守りたかった……守らなければならないものがあった。

しかし父と母と弟。臣下たちや国、民も。ルカーシュは何ひとつ守れなかった。

そんな自分に幸せになる権利などないのはわかっている。

けれどそれでも——。

この腕の中にある幸せだけは守りたいと、ルカーシュはそう思った。

# 文庫書き下ろし番外編『郷愁』

家庭教師の声に耳を傾けながら、ヨハンはふと窓のほうへと視線をやった。

裏庭には穏やかな午後の陽光が降り注いでいる。

――いい天気。先生が帰ったら散歩したいな。……あれは？

花壇の前に、見慣れない少女がいた。

ヨハンと同じ年頃だろうか。ほっそりとした小柄な少女だ。

長い亜麻色の髪をリボンで結い、仕立てのよさそうな藍色のドレスを着ている。

格好からして平民ではなさそうだ。

侍女の娘か、それとも侍女見習いか。妹の友人候補として、皇宮に招かれた令嬢かもしれない。

――……護衛がいる。クリスティーネの友人候補かな。

少女の三歩ほど後ろに、黒髪のすらりとした兵士姿の青年が立っていた。

コウル皇国の皇帝である父は、皇太子のヨハンにはそこそこ厳しかったが、皇女のクリスティーネには呆れるほどに甘かった。

父に倣ってか、侍女たちもクリスティーネに甘く、ご機嫌を取るだけで叱る者がいない。

『まだ子どもだもの。年頃になれば、落ち着くでしょう』

母もまた悠長に構えているため、クリスティーネは誰からも躾けられず我が儘放題に育っていた。

――クリスティーネの友達は年上でないと務まりそうにないし。

先日、友達をほしがったクリスティーネのために、同じ年頃の令嬢を招いたお茶会が開催された。しかし思うとおりの受け答えをしない令嬢に、クリスティーネが癇癪《かんしゃく》を起こしてしまい早々にお茶会はお開きになった。

妹より年上に見えるし、別の花壇へと移動する少女の足取りは亀のごとくゆっくりだ。

悪く言えば陰気で暗そう、良く言えば物静かで大人しそうな令嬢に見える。

妹の我が儘も、きっと聞き流してくれるだろう。

「殿下、どうかされましたか？」

つらつらと考えていると、よそ見をしているのに気づいた家庭教師が声をかけてくる。

「見慣れない女の子が庭にいたので、迷子かなと思って。すみません」

ヨハンは少し慌てた風に言って、ぺこりと頭を下げた。

皇太子は皇女とは違う。年齢よりも大人びていて、賢く真面目。皇帝と違い温和で、皇妃より親しみがある。

自身の評判を知っているヨハンは、幼いながらにみなが望む皇太子像を壊さぬよう心がけていた。

そのおかげか、皇族にも忌憚《きたん》なく厳しい老齢の家庭教師もヨハンに対しては気さくだった。

「勉強に身が入らないほど、殿下好みのご令嬢でしたか？　どれ」

興味津々といった感じで、家庭教師が窓に目を向ける。そして少女を見るやいなや表情を曇らせた。

「あれは…………」

「先生、あのご令嬢を、ご存じなのですか？」

「あの方はマリーア様です。コウル皇国の第一皇女。ヨハン殿下の姉君ですよ」

姉を見ず知らずの令嬢だと思ったヨハンに呆れたのか、弟にすら忘れられているマリーアの境遇を哀れんだのか。

それとも、姉弟を隔てている父に思うところがあったのか。

家庭教師はそう言うと、長く重い溜め息を吐いた。


マリーアは父と前皇妃との間に生まれた皇女で、ヨハンの異母姉である。

ヨハンももちろん、自身に三歳年上の異母姉がいるのは知ってはいた。

しかし姉は身体が弱いらしく、皇族の行事には参加せず、皇宮の自室に籠もりっきりだった。

父も母も、侍女たちですらマリーアの名を口にしない。それもあって、ヨハンは姉の存在を記憶の隅っこに追いやってしまっていた。

――庭を散歩できるくらい元気になったってことなのかな……？　だったら、これからは公務で会う機会があるかも。……その前に会いにいきたいな。

たとえ母が違っても、姉である。

これからは姉弟として交友していきたいと、ヨハンは思った。

そこには長年忘れていた罪悪感もあったし、『姉』という存在への純粋な興味もあった。何ならクリスティーネよりも、大人しげなマリーアのほうが親しくなれるような気がしていた。

しかしマリーアに会いたいと言い出したヨハンに、侍女たちはよい顔をしなかった。

黙って押し掛けるわけにもいかない。

マリーアとの接触を快く思っていないのは母だと見当をつけたヨハンは、皇妃に許可を求めることにした。

『陛下にお願いしてはなりませんよ』

用件を話すと、母は厳しい顔で言い『マリーアの名を陛下の前では決して出さないように』と念を押した。

血の繋がらない母ならばともかく、なぜ父が実娘のマリーアを嫌うのか。理由はわからないが、姉を疎んでいるのは母ではなく父のようだ。

父は厳しくはあったが、善き父親だ。しかし刃向かう者には容赦がなく、気性が荒い一面がある。

不満はあったが、父に叱責される危険を犯してまで姉と親しくしたいわけでもなかった。

早々に諦めたヨハンは、代わりに裏庭を散歩するマリーアを盗み見るようになった。

マリーアは毎日散歩をしていない。しかし時間と場所は決まっていたので、彼女を探すのは簡単だった。

——どうして裏庭ばかり散歩しているんだろう。

散歩する姉を眺めているうちに、そんな疑問が湧いてくる。

正面側の庭園のほうが色とりどりの花が咲いていた。裏庭も庭師によって管理されてはいたが、気合いの入れ方が違う。花壇にはポツポツとしか花が咲いていない。

そんなどこか物寂しげな花壇を、マリーアは熱心に見つめている。

——……今日も、またあの護衛だ。

マリーアの背後に控えているのは、いつも同じ黒髪の護衛兵だった。

クリスティーネが庭を散歩するときは、大勢の護衛や侍女を引き連れている。だというのにマリーアの護衛は一人。それも毎回同じ人物だ。

——姉上の護衛は、あの男だけなのかな？　皇女なのに。

父が溺愛するクリスティーネを、周囲の者たちはチヤホヤしている。それと同じで、父が疎んでいるマリーアにはみな厳しく接しているのかもしれない。

どこか影の薄い印象があるのは、皇女としての扱いを受けていないからなのか。

彼女の境遇を想像し哀れんでいると、マリーアが何かに躓いたのらしく急によろめいた。

地面に転びかけたマリーアの身を、護衛兵が腕を掴み支える。

姉が姿勢を正すと、護衛兵はすぐに彼女の腕を離した。

――よかった。怪我をしなくて。

様子を見守っていたヨハンは、マリーアがお礼を口にしたあと、もじもじと恥ずかしげに護衛兵を見つめていることに気づく。

そんなマリーアから護衛兵は視線を逸らしていたが、彼女の眼差しが花へと戻ると、その後ろ姿を目を細めて見つめる。

――……あの二人って……。

ささやかなやり取りだったが、二人の間に流れる空気感が気になり、ヨハンはそれ以降さらに注意深く姉たちを観察するようになった。

二人が会話している様子はなかったが、マリーアはときおり背後の護衛兵へチラチラと視線を送り、気にしているようだった。

護衛兵はマリーアのその視線を避けてはいた。しかし彼女の視線が別の方向へと向かうと、じっと温かな眼差しをマリーアへ送る。

マリーアは護衛兵に対し淡い恋心を抱いていて、護衛兵はそんなマリーアを大切に想っている。……そんな風に見えた。

ヨハンは幼いながらに、自身の立場をよく理解していた。

皇太子として生まれた以上は己の恋愛感情よりも、コウル皇国と民、そしてリードレ家の利益を優先せねばならなかった。

自分にとって恋愛が縁遠いものだからだろうか。

ヨハンの目に二人の姿は、とても尊いもののように映った。

――そうだ。花壇にもっと花を増やしてもらうようお願いしてみよう。

二人のために何かできることはないか。思案していたヨハンは、裏庭を華やかにしようと思いついた。

窓から見える裏庭に、もっと花を植えてほしい。そう頼むのは取り立てて不自然ではない。

侍女伝いに庭師へとお願いし、そうしてヨハンの希望どおり裏庭の花壇に花の種が撒かれた。

時期がくれば、花壇は花で一杯になるという。

色とりどりの花々を見て目を輝かせているマリーア。そんな姉の姿に目を細め見守る護衛兵。

二人の姿を想像すると、なぜかヨハンも幸せな気持ちになれた。

けれど――花の種を撒いてしばらく経った頃から、二人の姿を見かけなくなった。

遠回しに侍女に訊ねると、どうやら護衛兵は配置転換になり、マリーアの護衛から外れたらしい。

姉の姿もそれっきり見なくなった。

温かな春の日差しの下、誰もいない裏庭には色とりどりの花が咲き乱れていた。


季節が巡り、ヨハンは皇太子として多忙になっていった。

けれど慌ただしい日々の中でも、姉の存在はいつも心の中にあった。

父に疎まれているマリーアは、使用人たちからも遠巻きにされていた。

もしかしたら父は後妻である母に気をつかい、マリーアを疎んじているフリをしているのではなかろうか。

そう思って、自身の誕生日を祝う夜会にマリーアを招待したいと父に願い出たことがあった。しかしマリーアの名前を出したとたん、機嫌良く笑っていた父の顔が凍り付いた。

『あれの名を二度と口にするな』

厳しい顔で一喝され、ヨハンは震え上がり黙るしかなかった。

姉を気にかけてはいたが父との間を取り持つのは難しく、何もできないまま日々が過ぎていった。

そうしてヨハンは十四歳になり、ゲルト・キストラーと出会う。

自身の護衛兵を選ぶ際、並んだ兵士たちの中に見知った顔があるのに気づく。当時より身長が伸びていたが、姉の散歩の護衛をしていた男であった。

ゲルトは第一正規軍に所属する侯爵家の次男だった。

優秀な男だと評判も高い。ヨハンは彼を自身の護衛に選んだ。

裏庭にいた二人の姿が、脳裏に浮かぶ。

――二人ともも う、互いの存在を忘れているかもしれない。けれど、覚えていたら素敵だ。

ちょうどマリーアの誕生日が近かったこともあり、ヨハンはゲルトを連れて、マリーアの部屋を訪ねた。

父には秘密だ。母には知られるだろうが、息子と自身の保身のため、父の耳に入らぬよう使用人に箝口令を敷くはずだ。

突然のヨハンの来訪に、マリーアは驚く。そしてそれ以上に、ゲルトとの再会に目を丸くしていた。

それからも、たびたびヨハンはゲルトを連れてマリーアの元を訪ねた。

訪ねるときは、花やハンカチーフ、髪飾りを姉に贈った。しかし感謝を口にはするものの、マリーアの反応は薄かった。なぜヨハンが贈り物してくるのか、訝しんでいたのかもしれない。

自分への態度は変わらなかったが、ゲルトに対する態度は日を追うごとに変化していった。深い緑色の双眸には、隠しきれない恋情が浮かんでいた。

『姉上のこと、ゲルトはどう思っているんだい？』

姉の元に通い始めひと月ほど経った頃、ヨハンはゲルトにそう訊ねた。

ゲルトは姉の恋心に気づいている。そしてゲルトがマリーアに向ける眼差しは、ヨハンやクリスティーネ、侍女たちに向けるものとは明らかに違っていた。

何かしらの感情を抱いているのは間違いなかったが、それが同情か愛情なのかまでは判別がつかない。

不憫な姉を哀れんでいるだけならば、自分が二人の仲を取り持とうとする行為はお節介でしかなく、姉を傷つける結果になりかねない。

「…………大切にしたいと思っております」

ゲルトはヨハンの問いに、目を伏せ噛みしめるように答えた。

好きとか愛という言葉より、ゲルトの『大切にしたい』という言葉はヨハンの心に響いた。

ヨハンは二人の仲を後押ししたいと思った。

ゲルトの身分は低くはないものの、皇女が降嫁するほどの家柄ではない。

しかし妹のクリスティーネとは違い、父はマリーアを疎んでいる。家柄が悪くとも、降嫁を許しそうだった。

——ゲルトならきっと……。

マリーアの表情はいつも暗い。ヨハンが軽口を言っても、困ったような笑みを薄く浮かべるだけだった。

けれど皇宮を出て、ゲルトと結婚したなら……きっといつか無邪気に笑える日がくるだろう。

かつて裏庭の花壇を花でいっぱいにしようと思いついたときのように、ヨハンは姉とゲルトの未来を想像し、満ち足りた気持ちになっていた。

しかし花壇のときと同じく、ヨハンの計画は成功しなかった。

マリーアがラトバーン王国の王太子に嫁ぐことが決まったのだ。

父に意見はしたが国益のためだと言われれば、黙るしかない。

散々存在を無視し続けた名ばかりの皇女を、政略に利用するのかと腹が立つ。しかし我が儘放題に育ったクリスティーネが、大人しく嫁ぐとも考えられない。強引に嫁がせても、外交問題に発展するだけだろう。

ヨハンにできることなど何もない。ただ異国に向かう姉の未来が明るいものであってほしいと、そう願うことしかできなかった。

姉の輿入れにゲルトが随行すると知ったのは、マリーアが出立する三日前だった。

「僕が手配するから、別の者と代わるといい」

恋する男の目の前で別の男に嫁ぐマリーアも、他の男のものになるマリーアを見届けなければならないゲルトも、あまりに哀れだ。

そう考え説得したのだが、ゲルトの意思は堅く「私の役目です」と首を縦に振らなかった。

思い詰めたような眼差しが気になった。

けれどももしも……ゲルトがラトバーン王国に向かう途中でマリーアを攫ったとしても――。

皇太子として止めなければならない立場だったが、結末はどうであれ、それは幸せなことのように感じられた。


しかし……マリーアは、そう日が経たぬうちに帰国した。

「最初から知っていたのか？」

マリーアより遅れて帰国したゲルトに、ヨハンは訊ねた。

「はい。陛下のご命令でした」

ゲルトは顔色ひとつ変えず答える。

マリーアの輿入れはラトバーン王を欺くための、父の計略だった。

コウル皇国が花嫁とともに運んだ武器は革命軍に提供され、ラトバーン王国は長き歴史を終えた。王も、王太子もすでに処刑されたという。

ヨハンは父から何も聞かされていなかった。皇太子であっても、ヨハンはまだ若い。歯がゆくはあったけれど、政治に関われないのは仕方がないと納得はしていた。

ゲルトは軍人だ。父からの命で秘密裏に動いていたのならば、いくら相手がヨハンであろうとも真実を話さないのは当然だった。けれども……。

「姉上はご存じだったのか？」

「……いいえ」

僅かな間のあと返ってきた言葉に、ヨハンは重い溜め息を吐く。

父とゲルトはラトバーン王と王太子だけでなく、マリーアまで騙していたのだ。

マリーアに演技は荷が重いと判断したのかもしれないが、彼女の気持ちを想像すると胸が痛かった。

帰国後、マリーアは塞ぎ込み部屋に閉じ籠もっていた。彼女の様子を窺いに部屋を訪ねたが、会ってはもらえなかった。

——今は騙されたと知り傷ついているだろう……でも。

姉は再婚になるし、任務を完璧に遂行したゲルトを父は大層気に入っている。ゲルトが望めば、彼へ姉が降嫁するのを父は認めるのではないか。

しかしヨハンのその期待は打ち砕かれ、父は辺境伯とマリーアの縁組みを決めた。

辺境伯は三十歳も年上で、あまりよい噂を聞かない。そんな男に嫁ぐなど、あまりにマリーアが哀れだ。

意見したが、父には『お前には関係ない』と冷たくあしらわれた。

「何かあれば手紙をください」

旅立つ姉に、そう声をかけることしか、ヨハンにはできなかった。

そしてマリーアが辺境伯の妻になった頃から、ゲルトは目に見えて変わっていった。

以前も野心や出世欲は垣間見えていたが、華やかな場では居心地悪そうにしていたし、おべんちゃらを口にするような男ではなかった。

だというのに自分や皇帝だけでなく、皇妃やクリスティーネにも世辞を言い、大臣たちのご機嫌まで取るようになった。

危険な任務にも、進んで参加するようになったのもこの頃からだった。

嫁いで以降マリーアから音沙汰はないが、どうしても気になって半年ほど経った頃に一度、ゲルトに命じ姉の様子を見に行かせた。

マリーアが酷い扱いを受けていたら、ゲルトは見過ごせない。そう考えてのことだった。

「健やかに暮らされているようでした」

年の離れた妻を、辺境伯は大事にしてくれているようだ。

平然とマリーアの近況を伝えてくるゲルトにホッとしつつも、幼い日に見た二人の姿が脳裏に蘇り、少しだけ寂しい気持ちになった。

ゲルトは飛ぶ鳥を落とす勢いで、出世していった。

父はゲルトを、クリスティーネの降嫁相手に選ぶほど気に入っているらしかった。

母は反対しているが、クリスティーネは乗り気なようだ。

「義兄じゃなく、義弟と呼ぶ日が来るのかな」

冗談めかして言うと、ゲルトは無表情で首を横に振った。

「私はクリスティーネ様とは結婚いたしません」

「最近は我が儘もあまり言わなくなってきたいし、皇女の自覚も出てきた。悪い話じゃないだろう」

「心に決めた人がおりますので」

いつもゲルトの傍に付き従っているアンナいう名の兵士だろうか。

どこかゲルトと雰囲気も似ている。言われてみると、クリスティーネよりお似合いに思えた。

「そうか。クリスティーネがしつこいようなら僕が言って聞かせる。応援するよ」

「そのときはよろしくお願いします」

ゲルトは薄く笑んで、頭を下げた。

父が倒れたのは、その半年後だった。

進行性の脳の病らしく、生涯寝たきりで回復は見込めないという。

他国への影響を鑑み、父が重病であることは伏せられた。

ヨハンは臣下たちに手助けしてもらいながら、父の代わりを務めるようになる。

慌ただしい日々が、ようやく落ち着いてきた頃。ヨハンの元に訃報の報せが届いた。

マリーアの夫、辺境伯が亡くなったのだ。

姉と辺境伯との間に子はいない。肩身が狭いようなら皇都に帰ってくればよいし、領地が気に入っているならばそこで暮らせばいい。

病床の父はマリーアの処遇に口を出せない。母は父の目を気にしてはいたが、そもそも姉にさほど興味がない。

ヨハンはマリーアの選択に任せ、彼女の希望を聞き入れるつもりでいた。——ゲルトからマリーアを妻に迎えたいとの申し出を受ける前までは。

ゲルトは辺境伯の妻となったマリーアを、一途に想い続けていた。前に話していた『心に決めた人』というのも、マリーアのことであった。

断る理由はなかった。

未亡人で居続けるには、マリーアはまだ若い。再々婚の夫として、ゲルトは申し分ない相手だった。

ヨハンはマリーアに皇都に戻るよう手紙を出し、ゲルトにちょっかいをかけていたクリスティーネを諦めるよう説得した。

そしてちょうど近くの鉱山へ視察に行く予定もあったのでゲルトとともに、マリーアを迎えに出向いた。

ずいぶん遠回りしたが、本当に想い合っていた相手と結ばれる。長い恋物語がようやく成就するのだと、ヨハンは信じていた。

しかし――運命か必然か、マリーアは姿を消してしまう。

彼女が乗っているはずの馬車が、焼け焦げた状態で発見された。当初は傍にあった遺体がマリーアだと思われていたが、調べた結果、別人だとわかる。

捜索に人と時間を費やしたが、マリーアは見つからなかった。

何かしらの事件に巻き込まれたのか。それとも、自ら命を絶ったのか。近くには海へと続く崖がある。そこから飛び降りたのならば、遺体が上がらない可能性が高い。

仮に自害だったのならば、なぜその選択をしたのだろう。

辺境伯のあとを追ったのか。皇都に戻るのが嫌だったのか。マリーアはゲルトを想っていたのではないのか。

いくら問いかけても、答えをくれる者はいない。真実はわからぬままだった。

一年を過ぎた頃には、マリーアの死亡は公のものとなり、ヨハンも彼女の死を受け入れた。

だがゲルトは諦め切れないのか、捜索を打ち切ったあとも一人で彼女を探し続けていた。休みの日は至る所に行き情報を集めている。マリーアに似た人物がいると耳にすると、国外まで足を運んでいた。個人で人を雇い、捜索に当たらせているとも聞く。

そんな姿は見るに忍びなく、諦めるべきだと諭した。けれど『殿下にはできるだけご迷惑をかけないようにしますので』と頭を下げられた。

これほどまでに愛されているのだ。生きていてほしい、とヨハンは奇跡が起こるのを祈った。

ヨハンの祈りが通じたのか……いや、ゲルトの必死な捜索が実を結んだのだろう。マリーアの行方の手掛かりが見つかった。

その手掛かりをもとに、マリーアの捜索を行うので休暇がほしい。ゲルトから頼まれたヨハンは、すぐさま承諾した。

「もしも仮に、姉上が戻りたくないようならば放っておいていい。お前も好きにするといい。私は姉上と、お前の幸せを願っている」

父が生きていた頃のような肩身の狭い思いを、マリーアにさせるつもりはない。

しかし死んでいたはずの皇女が生きていたとなれば、面白可笑しく噂を広める者はいる。

皇宮に戻らずゲルトに嫁いだとしても、注目を浴びるのは避けられない。ゲルトはすでに正規軍を率いるまでになっていたし、あの容姿である。クリスティーネだけでなく、多くの令嬢が彼との結婚を夢見ていた。やっかむ者を一人残らず排除するのは難しい。

マリーアが事件に巻き込まれたのではなく、自らの意思で出奔したのなら、皇都に戻るのには抵抗もあるだろう。

――もしも、このまま自由に暮らしたいと姉上が願ったならば……。

マリーアとともに、ゲルトも自由になればいいと思った。

彼を失うのは、コウル皇国にとっても自分にとっても大きな損失である。けれどマリーアが行方不明になってからのゲルトを思えば、引き留めることもしたくなかった。

どちらにしろ、マリーアが生きていなければ意味がない。

一人で帰ってくる姿だけは見たくない。そう願い送り出したのだが――それからひと月ほど経て帰国したゲルトの傍に、マリーアの姿はなかった。


「元気にしておられました。あちらで暮らしたいとのことでしたので、お連れすることはかないませんでした」

事件に巻き込まれたのではなく、マリーアは自らの意思で行方を眩ましていた。

皇族として生きていくことは彼女にとって負担でしかなかったようだ。

「それで……お前は姉上を置いて、一人で戻ってきたのか」

「はい。こちらにはどうしてもお戻りになりたくないようでしたので」

ヨハンの問いに、ゲルトは頷く。

「……だからといって一人で戻ってくるなど……」

ヨハンが溜め息を吐くと、ゲルトは薄く笑んだ。

「殿下。殿下は私に好きにしていいとおっしゃいました。国と今の地位を捨て、マリーア様を選ぶことをお望みだったのでしょう。ですが……私はあの方のためにすべてを捨てるつもりは、最初からありませんでした」

「……お前は姉上に未練が……愛していたから、あれほどまで必死に捜していたのではないのか？」

「ええ、愛しておりました。マリーア様が生きているならば連れ帰り、私の妻にする。障害になったであろう陛下は、いないも同然です。あらゆる悪意からあの方をお守りし、何不自由ない豊かな生活を送っていただく。富も身分もある今ならば、マリーア様を幸せにして差し上げることができる。そう思っておりました」

「ならば……」

「私はあの方に与えることはできても、あの方のために失うことはできない。マリーア様よりも、自分自身が大切なのです。だから……ラトバーンの王太子に嫁ぐときも、あの方を連れて逃げる選択ができなかった。今もそうです。地位や身分を失ってまで、あの方とともに生きる道など選べない。……失望されましたか？」

必死でマリーアを捜していたゲルトならば、今の立場を捨ててでも姉を選ぶと思っていた。けれど当然だがゲルトにも、積み重ねてきた人生があるのだ。

自身に置き換えてみる。何もかも捨てて、愛を選ぶことなどヨハンも決してできない。

「……いや、失望などしない。だが……。姉上にわかっていただけるよう、説得はしたのか？　ずっと捜していたことや、父のことは話したのか？　僕が出向き、姉上を説得してみよう」

二人の間で、いろいろとすれ違いがあるのかもしれない。

ゲルトがどれほどマリーアのために時間を費やしていたか教えれば、心変わりするかもしれない。

父だけでなく、母やクリスティーネ、自分に対し恨みがあるなら謝罪をする。今までのような扱いは決してしないと、そう約束したのなら、帰国する気持ちになるかもしれない。

ヨハンの提案に、ゲルトは首を横に振った。

「マリーア様には恋人がおりました。恋人とこの先もともにいるために、平民として暮らすことを望まれたのです」

「………恋人？　姉上に？」

「はい」

人の心は移ろうものだ。

初恋の相手を、大人になっても変わらず想い続けている者は少ない。ましてやマリーアは、行方知れずになる前も別の相手と結婚していた。とっくの昔に、ゲルトへの想いを吹っ切っていてもおかしくはなかった。

「そうか……。……だが、恋人で結婚はしていないのだろう？　だったら……」

「相手の男性は誠実そうな方でした。マリーア様をお任せしても、問題ないでしょう」

平然とそう言うゲルトも、すでにマリーアへの想いを吹っ切っているようだ。

未練がなくなったからこそ、一人で帰国したのだろう。

勝手に幻想を抱き、二人の愛を特別なものだと思っていた。ヨハンはそんな自分が少し恥ずかしくなった。

父が亡くなったのは、それから一か月ほど経った頃であった。

病に伏してからの父は、わけのわからない言葉を発するだけになっていた。

三日前からは意識がない状態だったのだが——死の直前、ヨハンと母と医師が見守る中、父は天井を見上げて一人の名を呟いた。

母の名ではなかった。ヨハンの名でも、あれほど可愛がっていたクリスティーネの名でもなかった。

父が呟いたのは、母と婚姻を結ぶ前の妻。前皇妃の名前だった。

掠れてくぐもってはいたが、父の声からは恨みも憎しみも感じられなかった。前皇妃の名を呼ぶ声は、まるでとても大切な、愛しい者でも呼ぶような、そんな甘さを含んだ声だった。

父は前皇妃を嫌っていたと、だから彼女との子どもであるマリーアを疎んでいたのだと、ヨハンは思っていた。

――だというのに、どうして前皇妃の名を呼んだのか……。

ヨハンの疑問に答えるように、母が穏やかな眼差しで父の死に顔を見下ろしながら呟いた。

「陛下が愛していたのは、最期のひと時まで前の皇妃殿下、ただお一人だったわ……」

「…………父上は……母上のことを大事にしておられましたし、クリスティーネを溺愛しておりました。それに、父上は前皇妃を嫌っていたはずです。だから、前皇妃との御子である姉上を疎んでいたのでしょう？　…………もしかして、姉上の父親は……？」

愛する女性の裏切りにより、マリーアが生まれたのか。だから、マリーアをあれほどまでに疎んでいたのか。

「いいえ。皇妃殿下が不貞していたという話は聞いたことがありません。面影もありますし、陛下の御子で間違いないでしょう」

ヨハンの問いを、母はすぐさま否定する。

「ならどうして……」

「愛しているのと同じくらい、憎んでいたのかもしれないし……愛していたからこそ、憎まずにはいられなかったのかもしれないわね」

母はそう言って、薄く笑んだ。

それから三日後、父の国葬が執り行われ、ヨハンはコウル皇国の皇帝となった。


時が流れ、季節が巡る。

父は良くも悪くも苛烈な皇帝だったため、即位後しばらくは比較された。民の中には反発の声もあったが、今の評判はまずまずと言ったところだ。

重圧に思い悩むことはある。そのたびに臣下たち、そして皇妃が支えてくれている。

皇妃とは政略結婚だったが、聡明で穏やかな人柄の彼女は伴侶として申し分なかった。激しくはなかったが穏やかな愛を育み、二人の子にも恵まれた。

一度だけ、行方を知っているというので、ゲルトの部下のアンナに頼み、マリーアへ手紙を出した。

強引に連れ戻すつもりはなかった。ただもしも恋人と別れ独り身になり、行き場に困っているなら戻ってきてほしかった。

たとえ異国の地で暮らしていようとも、ヨハンにとってはたった一人の姉だ。生活に苦労しているなら、少しでも力になりたいとも考えていた。

マリーアの境遇を知っていながら長い間何もできずにいたことを詫び、困り事があればいつでも頼ってほしいと認め、少量であったが換金すればそこそこの値が付くであろう金塊を預けた。

マリーアからの返事は、それから半年後に届いた。

皇宮にいたときから続くヨハンの厚意への感謝、出奔してしまったことへの謝罪、そしてこちらで幸せに暮らしているとの報告が綴られていた。

幼い頃、贈り物をすると、必ずマリーアからお礼の手紙が届いた。

手紙の筆跡は、確かに姉のものだった。

そして手紙だけでなく、金塊も返ってきていた。マリーアは受け取りを拒んだらしい。

今のマリーアがどこにいるかをアンナは知らなかったため、手紙と金塊をマリーアに渡してくれるよう、彼女の知人に頼んだという。

もしも、その知人が悪人であれば、金塊がヨハンの元に返ってくることはなかったはずだ。

信用できる者が少なくとも一人はマリーアの近くにいるのだと、ヨハンは安堵した。

クリスティーネも結婚し、すでに母親になっている。彼女の夫は少々頼りないが、顔立ちだけは良い穏やかな男なので、それなりに上手くやっているようだ。

ゲルトは何度か結婚の噂もあったが、まだ独身を貫いていた。

その理由は忘れられない女性がいるからだと、まことしやかに囁かれていた。


――ゲルトが裏庭で子どもたちの相手をしている。

ある日、侍女からそんな報告を受けたヨハンは裏庭へと向かった。

ヨハンの二人の子どもは、国の英雄として名高いゲルトのことを大層気に入っていた。

皇宮を訪れていたゲルトを、ちょうど庭を散歩中だった子どもたちが見つけてしまったらしい。

裏庭の花壇の前で、子どもたちが戯れている。その背後にゲルトは立ち、二人を見守っている。

「すまないな。子守をさせてしまった」

「いえ、ちょうど用が済んだところでしたので」

ヨハンに礼をしたあと、ゲルトは穏やかな眼差しを花壇へと向ける。

その彼の横顔に、幼い頃の記憶が蘇った。

「………お前はまだ結婚をしないのか？　社交界にデビューしたばかりの令嬢から求婚されたと聞いたぞ」

郷愁で胸がチクリと疼き、つい余計な詮索をしてしまう。

「年若い令嬢に手を出す気にはなれません。結婚は……どうでしょうか。今のところ、そのような話は一切ありません」

「そうか。……………忘れられない女性がいるという噂もあるが……」

横目でゲルトを窺うと、彼は自嘲するような笑みを唇に浮かべた。

「私は案外としつこい男なのです。あのとき別の選択をしていたら、あの方は私の傍にいたのだろうかと――未だに後悔ばかりしております」

「……あの方というのは…………………姉上のことか？」

「ええ」

行方がわかり、マリーアと再会したが連れて戻らなかった。

そのときの彼は淡々としていて、すでに姉への想いは吹っ切っていたように見えたが違ったらしい。

「それほど後悔するのならば……恋敵と争えばよかったのではないのか？」

地位もあり、容貌も整っている。そのうえ長身で、逞しい体つき。部下からも慕われていて、年齢を重ねた今も多くの令嬢が夢中になるほどの男だ。平民の男とゲルト。どちらが配偶者に相応しいか、比べるまでもなかろう。

マリーアもかつてはゲルトに好意を抱いていたのだ。熱心に気持ちを伝えてさえいれば、多少の情はあっても平民の恋人を捨て、ゲルトを選んでいたのではなかろうか。

「最初は、あの方の気持ちを無視してでも連れ帰ろうと思っていました。相手も……恋敵の男は最初から私と争う気などなく、マリーア様の幸せだけを願っていましたし」

恋敵の男はマリーアの将来を考え、彼女のために身を引くつもりだったらしい。

「そうだったのか？　ならば、なぜ……」

「あの男への愛を口にするマリーア様が、幸せそうだったからです」

ゲルトはそのときのことを思い出すかのように、目を細める。

「皇宮にいた頃、マリーア様は独りぼっちで、いつも寂しそうにしていた。その少女を私は哀れに思った。最初は……そう、私もあの方を幸せにしたいだけだった。だというのに想いは歪み執着となって、マリーア様を傷つけてしまった。ですが流石に、散々酷い真似をしてきましたが、あの方の幸せを壊してまで我欲を優先することはできませんでした」

「……そうか」

マリーアを傷つけた、酷い真似が何を指すのか。

気になったが、問い質そうとまでは思わなかった。

知ったところで、たとえそれが許されない行為だったとしても、忠実な臣下である彼を罰することはできそうになかったからだ。

姉を不憫に思っているのに、父が怖くて何もできなかった。成長しても大して変わっていない自分に辟易した。

そんな自分に、姉の幸せを願う資格はないのかもしれない。

けれどヨハンは、この空の続く場所で姉が微笑んでいることを願わずにはいられなかった。

ヨハンの横では、ゲルトがじっと穏やかな表情で前を向いている。

眼差しの先には、もう花壇の前に佇む哀れな少女はいない。

花を見るのに飽きた二人の子どもが、顔を寄せ合いお喋りに興じていた。

## 文庫書き下ろし番外編『穏やかな日々』

マリーアは汗を拭いながら、空を仰ぐ。

青い空を切り取るように、くっきりとした白い雲が浮かんでいた。

ふうっと大きく息を吐き、つばの広い帽子を被り直す。

身を屈め、花壇を荒らしている雑草を抜き、花がらを摘んだ。

休みの日は、こうして庭仕事をして過ごすことが多い。大変なら手伝うよと夫は案じてくれるけれど、もともと土いじりが好きなので苦ではなかった。

――でも夏は大変……。

マリーアたちの住むフチド島は気候に恵まれていて、夏場の日中は日差しも温度もなかなかに厳しかった。そのぶん冬は温かいので助かってはいるが。

ひと段落したので少し休憩しようと、マリーアは家に戻る。

帽子を脱ぎ、汗を拭き、水を汲んでいると、一人娘のミーアがパタパタと大きな足音を立て家に入ってくる。

「あら、どうしたの。早いのね」

ミーアは今年で八歳になる。

今日は島の子どもたちと丘へ遊びに行っていて、昼頃に戻ると言っていた。正午にはまだ早い。

「ダンが雨が降りそうだから戻ろうって」

「え？　雨……？」

窓へ目をやると、つい先ほどまで晴れ渡っていた空がどんよりと曇っていた。

「まあ本当、降り出しそうね。……あ、洗濯物をしまわないと……」

「手伝う！」

マリーアのあとをミーアが籠を持ってついてくる。

洗濯物を籠に入れたとたん、ザーと激しく雨が降り出した。

「ギリギリ間に合ったわね」

「ギリギリ！」

通り雨のようなので止むまで待とうかと思ったが、室内に干すことにした。

「ダンの天気予報は当たるの！　すっごくいい天気でも、ダンが降るって言ったら必ず雨が降るのよ。空の雰囲気とか、風の匂いでわかるんだって！　マチルダはダンが雨を降らせてるんじゃないかって言ってるの。人間にそんなことできるわけないのに」

マリーアはミーアのお喋りに笑顔で相づちを打ちながら、洗濯物を干す。

「お昼、まだ用意ができていないの。少し待ってね」

「手伝う！」

少し前までは、何かにつけて『イヤ』を連発していた。けれど今は、事あるごとにお手伝いをしたがる。

一人で済ませたほうが楽な場合もあったが、お手伝いをしたいという娘の気持ちを大事にしたくて、どんなに忙しくても断らないと決めていた。

「ありがとう。ミーアのおかげで助かったわ」

お礼を言うと、胸を張って誇らしげに「どういたしまして！」と答える。

その姿が愛らしくて、夫譲りの艶やかな白銀の髪を撫でた。

「長くなったわね。邪魔なら、今度切りましょうか」

ミーアの三つ編みは、背中辺りまである。髪を洗うのもひと苦労なのだが、どうしても切りたくないようだ。

ミーアは眉を寄せ、ブンブンと頭を横に振った。

「邪魔じゃないわ！　だから、切っちゃだめ」

「無理矢理切ったりしないわよ。長いのも、よく似合っているし」

青ざめて大事そうに三つ編みを握るミーアに、マリーアは優しく言う。

「母さんも伸ばせばいいのに……ダンのおばさんもマチルダのおばさんも、みんな髪が長いの」

二人の母親は確かに髪が長い。

昔は長く伸ばしていたし、フチド島で住むようになり伸ばそうと思ったこともあるのだが、毛先が鎖骨を過ぎた辺りからどうにも鬱陶しくなって切ってしまった。

今も肩の辺りで切り揃えている。

「髪の長い母さんも見たい！　絶対似合うと思うの」

「そうね。考えておくわ」

ミーアのために伸ばしてもいいけれど、やはり途中で我慢できなくなりそうだ。

「…………母さん、訊いていい？」

迷うように視線を揺らしたあと、ミーアが口を開いた。

「なあに？」

「ずっとね……気になってたの。……父さん、本当はミーアと同じ髪の色なんでしょ？　なんで髪を黒に染めているの？」

どうやら、髪を染めているところを目撃したらしい。

「もしかして、ミーアが嫌いで……同じ髪の色がイヤなの？」

「そんなわけないでしょう！」

しょんぼりと問いかけてくるミーアに、思わず声が大きくなる。

夫が娘を大切に想っているのは、マリーアが一番よく知っていた。

「なら……どうして？」

「それは……」

マリーアは口籠もる。

名前も身分も捨てたとはいえ、いつかは娘に自分たちの生まれについて話さねばならないと考えてはいた。

けれどミーアはまだ八歳。事情を理解するには早く、重みを知らないからこそ軽率に触れ回ってしまうかもしれない。

「やっぱり、私とおそろいがイヤなの……？」

目を潤ませ始めたミーアに、マリーアは焦る。

「ええと……実は父さんはね……――」

マリーアは必死に頭を働かせ、髪を染めている理由をでっち上げた。


夕方。夫が帰ってくる頃には、すっかり雨は上がっていた。

食事を済ませると、夫がミーアの『家庭教師』を始める。

この間までは勉強を嫌がっていたというのに、最近は自ら本を抱えてきて夫に学びを乞うている。

読み書きの練習をしている二人を横目に、マリーアは夕食の片付けをし、先日娘が転んで穴を開けてしまった服を繕った。

服を新調できないほど生活に困ってはいない。けれど無駄遣いはしたくないし、娘は成長期だ。すぐに着られなくなるので、直せるものは直すようにしていた。

「ごめん」

鏡台の前で髪を乾かしていると、入浴を終えた夫……ルカーシュが寝室に入ってくるなり謝罪を口にした。

「どうしたの？　……何かあった？」

「家事を君に任せっきりだから」

最近ミーアの勉強を見ているので、夕食の片付けが手伝えていない。どうやらそれを気にしているようだ。

謝るような出来事があったのかと身構えていたので、拍子抜けする。

「ミーアの先生をしてくれているのだから、謝る必要なんてないわ。……ミーアは？　もう寝ていた？」

「いや、まだ起きていたよ。本を読んでいた」

雷や嵐のときは一緒に眠るときもあったけれど、一年ほど前からミーアは一人で眠っていた。

母子で入浴をし、マリーアは寝室へ、ミーアは子ども部屋に向かう。二人のあとに入浴をしたルカーシュが、ミーアに『おやすみ』を言うために子ども部屋に顔を覗かせる。

別々に眠るようになってから、自然と決まった日課だった。

「ミーアは勉強熱心だし、学者になるかもしれない」

「熱心って……最近まで、勉強したくないって言ってたのに？　すぐに飽きちゃうかもしれないわ」

「物覚えもよいし、天賦の才能があるのだと思う。学問を究めてもいいし、技術者になるのもいい。医者もいいけれど……女性の医師はほとんどいないし苦労するかもしれない」

真剣な顔つきなので、冗談を言っているわけではなさそうだ。

ルカーシュの親馬鹿な発言を聞き流し、マリーアは櫛を手に彼のほうへと向かう。

ベッドに腰掛けるルカーシュの前に立ち、半乾きの夫の髪を櫛で梳いた。

「髪、もう少ししたら染めないといけないわね」

地毛が見え始めている。マリーアは娘と同じ白銀の髪を、指でそっとなぞった。

「…………………そうだね」

「どうかした？」

妙におかしな間があり、マリーアは訝しむ。

「いや…………」

考え事をしているのか、沈黙が続く。

──もしかして……髪を染めるのやめるつもりなのかしら。

昼間、ちょうどミーアと髪の話をしたばかりだった。

いくら親馬鹿とはいえ、娘とお揃いの髪色にしたい！　と思っているわけではなかろう。

髪を染めるのが面倒になったのか。それとも遠い異国の地で、すでに亡くなった王太子と自分を重ねる者はいない──そう感じるようになったのか。

無理強いはしたくない。けれども、もしも彼を知る者が現れたらと思うと不安で堪らなくなる。マリーアは彼を失いたくなかった。

「髪色が違っても気づく人は気づくと思うけど……でも、念のために染めておいたほうがいいとは思うわ。あなたがどうしても嫌ならば、仕方がないけれど」

「ごめん。別に髪を染めるのが嫌なわけじゃなくて。ただ……ちょっと」

ルカーシュは視線を揺らし口籠もり、しばらくして何かを決意したかのような強い眼差しでマリーアを見た。

「マリーア、正直に教えてほしい。自分では気にしたことがなかったんだけれど……僕の髪、薄くなってる？」

「薄く……？」

「ずっと染めていると、頭皮に悪い影響がある。薄くなる場合もあるらしい」

「それを気にして、染めるのをやめようと思ったの？　薄くなってはいないみたいだけれど」

マリーアは指で髪を梳きながら夫の生え際を凝視する。根元は白銀の髪が生えているだけで、薄くなっている様子はない。頭皮も綺麗なように見えた。

「染めるのを止める気はない。ただ……ミーアが……勉強のときもチラチラ僕の頭を見ているし、さっき部屋を覗くと、可哀想って言いたそうに、僕の頭を見つめ悲しい顔をしたんだ。もしかして、薄くなっているのかなって」

「…………それはその……ごめんなさい。私のせいだわ」

「君のせいって……どういう意味？」

「あの子……あなたが髪を黒く染めているのを見たらしくて……。どうして髪を染めているのか訊かれて、それで……髪が薄いのを気にしてるから、って答えたの。黒いほうがふさふさに見えるからって……。本当のこと話すにはまだ早いでしょう？　だから適当に嘘を吐いただけ。薄くなんてなっていないから。気にしないでね」

自分のせいで気に病ませてしまったのかと、マリーアは慌てて否定する。

目を丸くしていたルカーシュは、軽く唇を尖らせ拗ねた表情を浮かべた。

「父さんは髪が薄いのを……ハゲを気にしてるって？」

「ハゲ……とまでは、言っていないわ！」

「黒髪のほうが格好よくて気に入っているからとか、魔女に黒髪の魔法をかけられたとか、理由は他にも作れると思うけど」

「黒髪が好きだからって言うと、あの子、自分も黒くしたいって言い出しそうで……。魔女とか魔法とか、そういうのもまったく信じていないし」

ミーアは父親のことが大好きだった。父親が気に入っているなら、自分も黒髪にしたいと言いかねない。夫から受け継いだ白銀の髪のほうが似合っているので、できれば染めないでほしい。

それにミーアは空想的なものに興味がない。絵本に出てくる魔女や魔法や、お化けすら信じていなかった。

「だからって……。……ミーアに頭が薄いのを気にしているって思われるのは辛い……」

しょんぼりして、眉尻を下げて肩を落とす。可哀想ではあるのだが、マリーアはそんなルカーシュの姿に、胸の奥がじわりと温かくなった。

拗ねた顔もしょんぼり顔も、以前の彼からは想像もできない姿だ。

――初めて会ったときの優しげな彼も、再会した頃の冷たげで寂しげな彼も好きだけれど……。

今の、様々な表情を見せてくれる彼が、マリーアは愛しくて仕方がない。

「ごめんなさい。あなたが嫌なら、別の嘘を考えてみるわ」

咄嗟のことだったので、他の嘘が思いつかなかった。じっくり考えれば、よい嘘が見つかるかもしれない。

「いいよ。他に……適当な理由が他に思いつかないし」

「ミーアに、お父さんが気にするからあんまり頭を見るなって言っておくわ」

「それはそれでどうかと思うけど。……ミーアが大人になって、事情を話せるようになるまで我慢するよ」

ルカーシュはそう言って息を吐き、マリーアの腰に手を回す。

大人になったミーアに自分たちの過去を話す。

ミーアはどんな反応をするだろう。

驚くだろうか。意外と平然としているかもしれない。それどころか……マリーアが吐いたささやかな嘘のほうに、腹を立てるかもしれない。

マリーアはルカーシュのつむじを見つめながら、未来に思いを馳せた。

「あなたが髪を染めるのをやめるのは、おじいちゃんになってからかしら」

「……………僕の髪の毛がなくなるから？」

「白髪になるから」

髪の薄さに固執するルカーシュに、マリーアは苦笑する。

「あなたの、おじいちゃんになった姿が見たいわ」

「……僕も……おばあちゃんになった君を見たい」

マリーアの腰に回った手に、力が籠もった。

冷たい雨が身体に降り注いだあの日々が……過去がなくなるわけではない。思い出し、苦しむ夜もある。

けれど、だからこそ遠い未来を一緒に夢見ている今を大切だと思う。

マリーアは幸せを噛みしめながら、夫の髪を指で梳いた。

ロイヤルキス文庫 more をお買い上げいただきありがとうございます。
先生方へのファンレター、ご感想は
ロイヤルキス文庫編集部へお送りください。

〒102-0073　東京都千代田区九段北3-2-5　5F
株式会社Jパブリッシング　ロイヤルキス文庫編集部
「イチニ先生」係　／　「天路ゆうつづ先生」係

✦ロイヤルキス文庫HP✦ http://www.j-publishing.co.jp/tullkiss/

Royal Kiss more

# 疎まれ皇女は異国の地で運命の愛を知る

2025年3月30日　初版発行

**著　者**　イチニ
©Ichini 2025
**発行人**　藤居幸嗣

**発行所**　株式会社Jパブリッシング
〒102-0073　東京都千代田区九段北3-2-5　5F
TEL　03-3288-7907
FAX　03-3288-7880

**印刷所**　中央精版印刷株式会社

定価はカバーに表示してあります。
万一、乱丁・落丁本がございましたら小社までお送り下さい。
本書のコピー、スキャン、デジタル化等の無断複製は著作権法上の例外を除き禁じられています。

ISBN978-4-86669-754-3　Printed in JAPAN